Michael Duesberg

Rans schöne Tochter

Michael Duesberg

Rans schöne Tochter

Impressum:

© 2018 Michael Duesberg

Umschlagbild: Darek D (www.pixabay.com)

Layout, Bildbearbeitung u. Umschlaggestaltung:
Angelika Fleckenstein; Spotsrock

ISBN   978-3-7469-5685-5 (Paperback)
         978-3-7469-5686-2 (Hardcover)
         978-3-7469-5687-9 (E-Book)

Druck und Verlag:
tredition GmbH
Halenreie 40–44
22359 Hamburg

Inhalt

Handelnde Charaktere:

Deirdre[1]	Tochter von Finnabair, die im Meer Himinglæva hieß
Ran/Rana	die dunkle Herrin der Meere, Gemahlin des Ägir; Mutter von neun Töchtern darunter auch Himinglæva/Finnabair Rans 9 Töchter, in der Mythologie die neun Mütter Heimdalls

<u>Alte isländische Namen der Töchter:</u>

Himinglæva	„die Himmelsklare" (Durchsichtigkeit des Wassers; die, durch die man den Himmel klar sehen kann
Dúfa	„Taube", die „Hohe"; die so hoch ist, wie eine Taube hoch fliegt
Blóðughadda	„die mit dem blutigen Haar" (dem rotfarbenen Schaum der Wellen)
Hefring	die „Steigende"
Uðr oder Unnr	die „Schäumende"
Kólga	die „Kühlende"
Hrönn	die „Fließende, Rinnende" (Bezug zur fließenden Lava)
Bylgja	die „Woge"
Bára	bedeutet „Bebenwelle" oder „Wellenspitze"

Finnabair[1]	Menschenname von Himinglæva; Mutter von Deirdre und Aidan; Frau von Tom
Tom	erster Mann von Finnabair
Seumas[1]	zweiter Mann von Finnabair
Aidan[1]	Sohn von Finnabair; Bruder von Deirdre
Finnabairs Kinder aus erster Ehe mit Tom	Aidan und Deirdre
Kinder aus zweiter Ehe mit Seumas	Tom und Alayna[1]
Kinder von Sabine und Aidan	Laërka, Alan, Deirdre, Gawan, Iva
Finn	Freund von Aidan; erster Verlobter von Deirdre
Heiner	Studienfreund von Aidan; zweiter Verlobter von Deirdre; Bruder von Katharina
Lothar	Freund von Aidan, zweiter Verlobter von Deirdre
Sabine	Lothars Schwester; Gemahlin von Aidan
Katharina	Heiners Schwester; Freundin von Aidan
Alayna	Freundin von Aidan
Anna-Myrthe	Freundin von Deirdre
Die alte Maire[1]	Zeugin nach dem Verschwinden der Familien

Für interessierte LeserInnen und Freunde der irisch-gälischen Namen sind die mit einer kleinen, hochgestellten **1** gekennzeichneten Namen mittels Lautschrift https://de.wikipedia.org/wiki/Irische_Sprache einfacher lesbar und auszusprechen. Man kann sich die Aussprache auch anhören unter: https://de.forvo.com/

Handelnde mythologische Wesen

Harpyie Armorika[2] später die Geliebte des Prinzen Oqueran;
Mutter von Kyma

Kyma[2] kleine Harpyie

Petunia[2] große Harpyie, die Kyma hilft

Sirene Leukosia[2] bestellt als Rans Botin, die
Geschwister nach Wremen
an die Nordseeküste

Gorgone Stheno später Lipothyma

Chimäre Leontarina[2]

Ladon bewacht als hundertköpfiger Drache auf den
Seligen Inseln den Baum der Hesperiden mit
den goldenen Äpfeln der ewigen Jugend; er
ist der Bruder der Gorgonen

Hesperiden eine Gruppe sieben besonderer Nymphen

Späherin Peneira[2] eine der sieben Hesperiden

Sprühwasser-Nymphe Nepheloma[2] eine der Hesperiden

Älteste, Sebasmia[2] eine der Hesperiden

Ate und Dysnomia	(Verblendung und Vergehen)
	hohe Nebelgestalten Töchter der Eris (Zwietracht) und Enkelinnen der Nyx (Nacht)
Nyx	die Nacht
Tethys	Beherrscherin der Meere, Gemahlin des Okeanos; ihre Töchter sind die Okeaniden
Doris	eine Okeanide; Beherrscherin der Meere, Gemahlin des Nereus; ihre hundert Töchter sind die Nereïden
Eyja²	eine Tochter von Unnr
Alda², Dropi², Frutha², Regnbogi²	Undinen aus Rans Geschlecht

Die mit einer kleinen, hochgestellten **2** gekennzeichneten mythologischen Namen sind frei erfunden.

Die übrigen entstammen überwiegend der griechischen, einige wenige auch der germanischen Mythologie.

Kurzbeschreibung mythologischer Wesen

Nymphen	Elementarwesen der Gewässer, Landschaften, Bäume, Berge, Täler, Grotten, Wiesen u. a.
Najaden	Elementarwesen nur der Süßwasser der Erde
Meervolk, Meerwesen	andere Bezeichnung für die elementarwesen des Wassers; ebenso: ✘
Undinen, Nixen, Nymphen	die halbgöttlichen Elementarwesen des Wassers

In der griechischen Mythologie finden wir die Najaden im Süßwasser, die Nereiden eher in den Meeren und die Okeaniden in beidem.
Die Sirenen stellen durch ihre Beziehung zu Wasser *und* Luft eine etwas andere Art von Wesen dar.

Harpyien	Mischwesen der griechischen Mythologie; Gestalt einer Frau mit Flügeln und Krallenfüßen
Gorgonen	geflügelte Schreckgestalten mit Schlangen statt Haaren auf dem Haupt; wer sie anblickte, erstarrte zu Stein
Keto(s)	griechische Köttin; eine der zahlreichen Töchter von Gaia; Mutter der Gorgonen
Chimären	Feuer speiende Mischwesen der griechischen Mythologie, vorn wie ein Löwe, in der Mitte eine Ziege und hinten wie ein Drache bzw. eine Schlange gebildet;
	Schwestern von Ladon
Ladon	hundertköpfiger Drache, der die goldenen Äpfel der Hesperiden bewacht

Drei Moiren	griechische Schicksalsgöttinnen; römisch: Parzen germanisch: Nornen
Gäa	eigentlich „Gaia" oder „Ge"; Mutter Erde (griechische) Muttergöttin
Rhea	Tochter von Gäa und Uranos; auch ein anderer Aspekt von Gäa
Aphrodite	(griechische) Göttin der Liebe
Skuld	(germanische Mythologie), eine der Nornen (Zukunft)
Huld	(germanische) Muttergöttin, Vorläuferin von Frau Holle
Dana	(keltische) Muttergöttin des Wassers; Göttermutter

Der Bannfluch

Gesetzte Frist:

1 Mondjahr, 1 Monat, 1 Woche, 1 Tag:

$= 354 + 29 + 7 + 1 = \underline{\textbf{391 Tage}}$

Das Mondjahr umfasst 354,3671 Tage,

das Sonnenjahr 365,24219 Tage.

(gerechnet werden beim Mondjahr

6 Monate à 29 und 6 Monate à 30 Tage

$= 354$ Tage)

Rans Tochter verließ das Meer ...

DEIRDRE

Ich bin Deirdre. *Was* ich bin, werdet Ihr nicht verstehen, denn Ihr seid Menschen, und mein Wesen entzieht sich Eurer Vorstellungskraft. Doch ich brauche dringend Eure Hilfe, daher werde ich Euch mein Geschick anvertrauen, obzwar es Teil eines Geheimnisses ist, an welches ich jetzt nur noch halb gebunden bin. *Halb* gebunden, auch das könnt Ihr nicht verstehen, nicht als Menschen. Dennoch will ich versuchen, es Euch zu erklären. Das Entscheidende schicke ich voraus: Ich bin die Tochter eines Menschen und einer Undine.

Alles begann im Meer, in der wunderbaren, geheimnisvollen Heimat meiner Mutter. Sie ist eine der Ran-Töchter, und es gibt deren neun. Mein Großvater Ägir wurde von den Menschen der „Herr der besonnten Meere" genannt, und ich liebe ihn heiß und innig. Zu meiner Großmutter Ran habe ich ein eher zwiespältiges Verhältnis. Der Menschen-Name meiner Mutter lautet Finnabair, „Weißschulter", und sie ist eine der schönsten Töchter Rans. In den Meeren war ihr Name Himinglæva, das heißt Himmelsklar. Von ihr habe ich mein Aussehen geerbt.

Mutter lebte früher in den nördlichen Meeren Rheas, die Ihr Menschen Atlantik nennt. Damals, als alles begann, durchschwamm sie die Wasser um die Insel Irland herum und spielte oft mit ihren Lieblingsschwestern in den Buchten an der Westküste. Dabei hatte sie ein verstörendes Erlebnis:

Sie war nicht weit von Sligo in eine vom Meer fast abgetrennte Bucht geschwommen und wollte sich dort vor den „Fängerinnen" ihres Spiels verstecken, als ihr am Ufer eine einsame Gestalt auffiel, ein Mann, der sehnsüchtig über das Wasser hin blickte. Ihre Neugierde war geweckt, und sie verwandelte sich in einen Seehund und schwamm näher zum Strand. Einige ihrer Schwestern folgten ihr, und so planschten und spielten sie als ein Rudel Robben nahe dem einsamen Menschen herum und betrachteten ihn ausgiebig. Der Mann blieb lange dort sitzen, schaute abwechselnd den Robben zu und über das Wasser in die Ferne, aber er sah meine Mutter nicht.

Die nächsten Tage kehrte Mutter oft in die nämliche Bucht zurück und hielt Ausschau nach dem einsamen Mann. Manchmal war er da und manchmal nicht. Allmählich wollte Mutter, dass er immer da sein sollte, wenn sie in Ufernähe kam, und sie kam jetzt oft. Dann erfasste sie so etwas wie ein leises Sehnen, das im Laufe der Wochen in ihr anschwoll. Eines Tages war ihre Sehnsucht nach dem Manne so groß, dass sie ihre Gestalt im Wasser wechselte, als Menschen-Frau ans Ufer stieg und ihn in die Arme nahm. Als eine der schönsten Ran-Töchter war sie auch als Mensch von außergewöhnlicher Schönheit. Der Mann verliebte sich sofort in sie und wollte sie gar nicht mehr loslassen. Sie folgte ihm in sein Haus auf „Gaias Schultern", also auf der festen Erde, und wurde seine Frau. Dort lebten sie dann Tag um Tag und Nacht für Nacht als Ehepaar zusammen und freuten sich aneinander. Durch seine Liebe fing auch sie an, etwas wie menschliche Liebe zu entwickeln. Es muss wohl so gewesen sein, dass sie, ohne es zunächst zu bemerken, immer wieder einen Hauch von seiner Seele einatmete, die dann in ihr hängenblieb und wuchs, so dass sie dadurch ihrem Wesen nach immer menschlicher wurde.

Irgendwann war ihre Menschwerdung derart vorangeschritten, dass sie in Dorf und Stadt nicht mehr auffiel, allenfalls erregte ihre Schönheit noch Verwunderung. Die alten Frauen an der Küste aber tuschelten, Mutter sei eine „aus dem Meer", und damit lagen sie ja nicht so falsch.

Dann bekam Mutter einen dicken Bauch und brachte meinen Bruder Aidan zur Welt. Zwei Jahre darauf wurde ich selbst geboren. Wir wuchsen wie echte Menschenkinder heran, spielten mit gleichaltrigen Freunden und Freundinnen, besuchten die Schule und freuten uns auf die Ferien. Vater hatte einen richtigen Männerberuf, und Mutter war werktags allein mit uns. Dann gingen wir oft ans Meer und Mutter erzählte uns merkwürdige Geschichten vom Meervolk. Bis dahin ahnten wir noch gar nicht, woher sie stammte; doch wenn wir sommers in der Bucht schwimmen gingen, bewunderten wir immer ihre geradezu unglaublichen Schwimmkünste. Wir selbst lernten natürlich auch gut schwimmen, doch so vertraut, wie sie es war, wurden wir mit dem Wasser nie.

Die Zeit verging, ohne dass wir groß darauf geachtet hätten. Mit 14 Jahren hatte ich ein eigenartiges Erlebnis, das Folgen nach sich zog: Es geschah an einem heißen Sommertag und ich war mit einem Grüppchen meiner Freundinnen an den Strand zum Schwimmen gegangen. Wir hatten lang in der Sonne gelegen und sprangen dann zur Abkühlung ins Wasser, und da ich eben Mutters Tochter bin, schwamm ich schneller und sicherer als alle anderen. Die Lust, im Wasser zu treiben, zu gleiten und zu tauchen ließ mich weiter denn je hinausschwimmen. Plötzlich sah ich, genau wie eine Undine, durch den Sinnenschein hindurch, der mich als Halbmenschliche normalerweise umgab, direkt in die Wirklichkeit hinein. Ich erblickte meine Verwandten und Freunde im Meer um mich herum und wurde von Großvater Ägir, Großmutter Ran und zahllosen Tanten umarmt und begrüßt. Und in Bruchteilen von Momenten wusste ich alles über die Geheimnisse von Rheas Meeren und über meine Angehörigen in den Wassern nah und fern. Ein weit entfernter Verwandter, ein Jüngling namens Oqueran, wollte mich gar nicht mehr auf Gaias Schultern, also an Land zurückschwimmen lassen, sondern behauptete, er habe ein Anrecht auf mich und ich müsse ihn heiraten. Ich lachte ihn aus, doch das spornte ihn nur noch mehr an. Am Ende drohte er mir, wenn ich seiner vergessen sollte, würde er viel Leid über mich und meinen Liebsten bringen. Ich hatte damals noch gar keinen Liebsten, daher klang mir seine Drohung nur lustig und ich lachte ihn aus. Später verabschiedete ich mich von meinen Großeltern und Tanten im Meere und schwamm gemächlich zurück. Nun wusste ich um die Herkunft meiner Mutter.

Jahre vergingen, ohne dass etwas Aufregendes passierte. Mit 17 lernte ich Finn, einen schönen schwarzhaarigen Jungen kennen, den ich sehr mochte. Verehrer hatte ich ja schon seit der Kindergartenzeit gehabt, die berührten mich innerlich nicht sonderlich; aber mit diesem Jungen ging es mir anders, denn nach ihm sehnte ich mich immer, vor allem, wenn ich ihn nicht in meiner Nähe hatte. Mein Vater war darüber eher besorgt, doch Mutter verstand mich gut und freute sich für mich.

Das Erlebnis mit Oqueran im Meer hatte ich längst vergessen, als ich eines Tages wieder heftig daran erinnert wurde. Ich war unterdessen 18 Jahre alt und Finn und ich waren längst ein Paar geworden und wollten bald heiraten. Wir waren an diesem Sommertag mit Finns Wagen zum Schwimmen ans Meer gefahren und ich schwamm wieder einmal weit vom Festland fort. Finn hatte mich eine Zeit lang in die Bucht hinaus begleitet, war dann aber zum Ufer zurückgeschwommen und sonnte sich am Strand. Mir gingen da mit einem Mal wieder die Augen auf, und ich sah von neuem die ganze Herrlichkeit des heimatlichen Meeres und glitt in herrlichen Farben zwischen Undinen, Elfen, Sylphen, Nymphen, Okeaniden, Nereiden, Sirenen und zahllosen anderen vertrauten Wesen umher, wobei mich Ägir, Ran und zahllose Ran-Töchter begleiteten und mit mir plauderten, als plötzlich Oqueran, in schwarze Algen gehüllt, auf mich zu schwamm und mich finster anblickte.

„Zum letzten Mal: Wann heiratest du mich?", fragte er.

„Nie", antwortete ich.

„So trägst du die Folgen", sagte er und verschwand.

Ran wandte sich mir zu und sagte: „Was du nicht weißt, muss ich dir sagen. Du bist Oqueran seit langem versprochen."

„Ich bin ein Mensch und lasse mich nicht versprechen", erwiderte ich ruhig. Großmutter lächelte und ergänzte: „Aber du bist auch eine Undine, die Tochter einer meiner schönsten Töchter. Und als diese bist du durchaus versprechbar gewesen."

Ich zuckte die Achseln und sah Großvater fragend an. Er schaute ernst in die Weite und sagte: „Das alles liegt nun in den Händen von Skuld und Huld."

„Und in meiner Hand", ergänzte ich.

Großmutter lächelte, doch ihr Lächeln war finster und ich fror, als ich sie anblickte. Ich verabschiedete mich und machte, dass ich zum Ufer zurückkam. Dort fielen Finn und ich uns in die Arme und wir liebten uns auf dem warmen Sand des Strandes und waren glücklich miteinander. Von jenseits der Grenze aber blickte Ran zu uns herüber und lächelte in falscher Freundlichkeit.

Ich hätte die Worte meiner Großmutter ernster nehmen, hätte mich mit ihr und den anderen Verwandten besprechen und ihren Rat einholen sollen. Doch ich dünkte mich darüber erhaben und entschied über mein Geschick, als ob ich eine Göttin wäre. Auf dem Heimweg wurde ich eines Besseren belehrt.

Bei Einbruch der Dämmerung zog ein Gewitter herauf. Wir packten unsere Badesachen zusammen und trugen sie zum Wagen. Dann stiegen wir ein und fuhren los. Die Strecke nach Hause war in etwa 20 Minuten zu schaffen und wir waren müde, glücklich und verliebt.

An einer Stelle führte die Straße an einem Abgrund vorbei, wo es über Felsen ein paar Hundert Meter in die Tiefe ging. Die Straße stellte an und für sich keine Gefahr dar; doch als wir auf diesen Abschnitt zu fuhren, passierten drei Dinge gleichzeitig: Ein greller Blitz zuckte über den Himmel, ein alles übertönender Donnerschlag krachte um uns herum, und die Straße vor uns war mit einem Mal einfach weg. Wir stürzten in einen Abgrund hinab, ohne die Fahrbahn auch nur einen Zentimeter verlassen zu haben.

Nach dem Aufprall unten war es lange Zeit sehr still. Ich öffnete die ‚anderen Augen', die ich im Wasser schon zweimal hatte öffnen dürfen und mit welchen ich mich in der Anderswelt orientieren konnte. Finns Leib lag zerschmettert neben mir, und mein eigener Leib sah auch nicht besser aus. Ich half Finn aus den Trümmern seines Leibes heraus und er lächelte mich traurig an und sagte: „Nun endet jetzt schon, was eben erst so süß begann. Wie gern hätte ich ein Leben mit dir und vielen gemeinsamen Kindern verbracht! Nun werden wir uns trennen, weil wir unterschiedliche Wege gehen müssen. Möge Dana ihre Hand über dich halten!" Außerstande uns zu umarmen, weil wir unserer Leiber beraubt waren, vereinigten wir uns Seele in Seele und trennten uns erst nach drei Tagen, wie weißer Rauch und schwarzer Rauch, die auseinanderwehen.

Während ich mit Finn vereinigt war, sah ich viel von seinem Schicksal und hatte zugleich auch Verbindung zu meinen Eltern und meinen Verwandten im Meer. Ich erfuhr, dass Oqueran das Ufer unter der Straße unterhöhlt hatte und dass das Land deshalb ins Meer gestürzt war. Über den Schmerz meiner Eltern muss ich schweigen, er überstieg alles, was ich je gefühlt habe, vor allem der meines Vaters. Mein Bruder tobte vor Schmerz und drohte sich umzubringen. Mutter war die einzige, die dank ihrer Herkunft ein wenig in die Zukunft sah, doch mit jenem Teil ihrer ‚eingeatmeten Seele', die im Lauf der Jahre zu ihrer eigenen geworden war, litt auch sie fürchterliche Qualen. Als Finn und ich uns getrennt hatten, kam sie mich besuchen. Ich lebte in dieser Zeit noch nicht im Meer, aber auch nicht mehr auf dem Festland.

„Was geschieht jetzt mit mir?", fragte ich Mutter, doch sie schwieg.

FINNABAIR

Mein Name ist Finnabair. Ich gelte unter den Frauen und Männern der Grafschaft Sligo als „die schönste Frau auf Erden". Das könnte mir schmeicheln, wenn ich eine Menschenfrau wäre. Soweit ich durch die Ehe mit meinem Mann Tom bereits ein bisschen menschlich geworden bin, fühle ich mich auch durchaus geehrt; doch eigentlich berührt es mich nicht groß.

Um mich für Euch verständlich zu machen, muss ich wahrscheinlich mehr von mir erzählen, als mir lieb ist; doch werde ich das Rinnsal meiner Erzählung schmal halten. Warum ich mich überhaupt an Euch wende? Weil ich Euch brauche, weil ich etwas von Euch will. Nicht für mich, sondern für meine Tochter, die ich ausgesprochen menschlich liebe. Und das beleuchtet schon das Elend, in das ich mich einst selbst gestürzt habe.

Alles fing ganz harmlos an: Vor langer, langer Zeit hieß ich Himinglæva und war eine der schönsten Töchter Ranas, der dunklen Herrin der Meere. Ich gehörte also zum Meervolk und Ihr würdet mich eine Nymphe, Undine oder Okeanide nennen, wenn Ihr die alten Namen noch wüsstet. Natürlich ist der Name, den ich Euch von mir genannt habe, auch nur eine Art Übersetzung, und von den Ereignissen, die mich aus meiner Heimat entführt haben, werde ich Euch ebenfalls nur eine ‚Übersetzung' in die menschliche Sprache und Denkweise erzählen können. Bei uns ist eben alles ganz anders.

Zu meinem Unglück war ich sehr schön, so schön, dass mich viele adelige Meermänner und sogar deren Fürsten, für die es in der menschlichen Sprache gar keine Wörter gibt, zur Gemahlin begehrten. Einer von ihnen, ein Sohn Poseidons, hatte unter seinen Söhnen einen, der besonders hartnäckig um mich warb; er hieß Prinz Oqueran. Zuerst kam er alle hundert Jahre zu meiner Mutter und hielt um meine Hand an, dann wurden die Zeiten zwischen seinen Vorstößen immer kürzer; zuletzt kam er jährlich und fragte nach mir. Meine Mutter wurde dessen allmählich überdrüssig und hieß mich zu ihr kommen. Bei uns haben die Väter nicht allzu viel zu sagen, wichtige Entscheidungen treffen immer die Mütter.

„Himinglæva", sprach Mutter mich an, „Du weißt, dass Oqueran dich zur Frau begehrt. Was spricht dagegen?"

„Ich will ihn nicht", antwortete ich.

„Du wirst ihn aber nehmen müssen", erwiderte sie. „Er wirbt schon 1.300 Jahre um dich."

„Soll er doch weitere 3.000 Jahre werben", sagte ich patzig.

„Du nimmst ihn dieses Jahr noch", bestimmte sie.

„Nein, ich will frei schweifen können und mich mit jedem vermählen, der mir gefällt. Und Oqueran gefällt mir nicht", widersprach ich.

„Du bist nicht nur hübsch wie Aphrodite, du bist auch dickköpfig wie Ketos", schnaufte Mutter. „Ich weise dir jetzt zwei Ströme, die du entlangschwimmen kannst, und das ist mein letztes Wort: Entweder du heiratest Oqueran noch dieses Jahr, oder du musst mir hier und jetzt versprechen, dass Oqueran dereinst deine erstgeborene Tochter zur Frau erhält – ob dieselbe das will oder nicht, und ob du selbst das willst oder nicht."

„Das ist doch eine feine Lösung", lachte ich. „Ich stimme dem zu."

Ich war froh, der Hochzeit entkommen zu sein und schwamm erleichtert davon. Mutter sah mir sorgenvoll nach.

Alles wäre gut gegangen, wenn ich einen Meeresbewohner geehelicht hätte. Wir Wasserwesen sind seelisch nicht so kompliziert entwickelt, wie Ihr Menschen das seid. Wir freuen uns nicht so stark wie Ihr, aber wir leiden auch nicht so schlimm. Das Unglück nahte mir in der Gestalt eines Menschen, den ich ganz für mich haben wollte. Er hieß Tom und war ein Träumer, aber ein lieber Träumer. Ich nahm ihn mir und ahnte nicht, wie stark diese Entscheidung mein Wesen verändern würde. Ich glaube, das kam so: Beim Küssen und auf dem Nachtlager atmete ich Tag für Tag und Nacht für Nacht ein klein wenig von seiner Seele mit ein, die sich in mir einnistete und wuchs – ähnlich wie dann auch Toms Kinder – und die mich gänzlich veränderte. Es war dieser Seelen-Anteil, der mich empfindlicher für das menschliche Schicksal machte und mich stärker an meinen Mann und meine Kinder band. Und es waren diese Kinder, die ich so menschlich zu lieben begann, dass es meine heimatliche Meereswelt in den Hintergrund meines Sinnens und Trachtens drängte. Ich liebte meinen Sohn Aidan und war stolz auf ihn und genauso ging es mir mit meiner Tochter Deirdre. Ich wuchs immer tiefer in die Menschenwelt hinein und kehrte immer seltener ins Meer zurück. Irgendwann liebte ich auch die Freunde und Freundinnen meiner Kinder und die Verwandten meines Mannes.

Und genau da passierte das Unglück: Deirdre und ihr Freund Finn verunglückten tödlich, und das war meine Schuld. Ich hatte Prinz Oqueran einst abgewiesen und meiner Mutter zugestimmt, dass er meine erstgeborene Tochter zur Frau bekommen sollte. Das war lange vor meiner Menschen-Zeit gewesen und ich hatte diese Zusage völlig vergessen.

Als Deirdre alt genug war, trat Oqueran irgendwann an sie heran und sie wies ihn ziemlich heftig ab, was sie dank ihres menschlichen Willens durchaus vermochte. Oqueran beschloss darauf, sich einfach zu nehmen, was ihm ohnehin zustand. Er wusste, dass Deirdre durch ihre starken Lebenskräfte, die sie als ‚Halbnymphe' hatte, nicht so sterben konnte wie ihr Freund Finn und dass sie nach dem Unfall verändert weiterleben würde. Dadurch aber kam ihr Menschsein in höchste Gefahr, weil die starke Nymphen-Natur in ihr die Führung übernahm. Da sie weder ausschließlich Undine, noch ganz

Mensch war, weilte sie in einer Zwischenwelt, die auch zur Anderswelt gehört.

Deirdre leidet seit ihrem Unfall heftig unter der Trennung von ihrem Geliebten, ihren Freunden und Freundinnen und von Bruder und Vater. Zum Glück konnten wenigstens wir, Mutter und Tochter, zueinander finden. Was Deirdre momentan nicht zu überblicken vermag, sind die Möglichkeiten ihres weiteren Lebensweges. Da sie ihre Gestalt ätherisch bewahrt und ihre Seele an diese Gestalt zu binden vermocht hatte, wäre es ihr jederzeit möglich, ins Meer zu gehen. Dort jedoch würde sie nach und nach ihre Seele verlieren und zu einer Nymphe werden.

Die andere Möglichkeit bestände darin, dass sie sich einen menschlichen Gemahl nimmt, mit diesem eine unbestimmte Zeit lang Menschenliebe teilt und gemeinsam Kinder mit ihm hat; wahrscheinlich wird sie nur so als vollständiges Menschenwesen sterben. Sie verlöre dadurch zwar ihre Verbindung zu den Meeren, aber ihre kostbare Seele wäre gerettet. Ihre Lebens- und ihre Seelengestalt würden sich nach ihrem Tode auflösen, wie das bei allen Menschen geschieht, ihre Individualität jedoch in den Kreislauf von Leben, Sterben und Wiedergeburt eintreten. Nur in der Zeit zwischen zwei Menschenleben könnten wir Meergeborenen dann die Verbindung zu ihr aufnehmen; während ihrer Lebenszeit wäre sie so blind und taub für die Welt der Elementarwesen, wie Ihr Menschen es für gewöhnlich seid.

Doch ungeachtet seiner Rachegelüste verlor der Prinz nie das Ziel aus den Augen, meine Tochter zu der Seinen zu machen. Kurz nach dem Unfall suchte er daher Deirdre auf und offenbarte ihr, dass *er* das Land unter der Straße zerstört und damit den Unfall und Finns Tod herbeigeführt habe und dass dies die Strafe für Deirdres Weigerung gewesen sei. Ob sie jetzt endlich seine Werbung annehmen wolle? Er fordere ja nur ein, was ihm zustehe. Seine gewalttätige Kälte fachte Deirdres Zorn auf ihn und sein Tun zu einem lohenden

Brand an. Deirdre verfügt auch in ihrer ätherischen Gestalt über menschlichen Seelenkräfte, wie sie im Reich der Wellen kein anderes Wesen sonst hat, so dass sie den Prinzen mit der Wucht ihres Zorns fast umgebracht hätte. Damit wäre für Deirdre nach den Gesetzen der Anderswelt alles noch schlimmer geworden. Oqueran jedenfalls erschrak, musste von ihr ablassen und floh, war aber mitnichten gewillt, auf die versprochene Braut zu verzichten. Daher suchte er den Ratgeber seiner Mutter auf und belegte mit dessen Hilfe meine Tochter mit einem Bann, der an ein Ultimatum geknüpft war: Deirdre musste innerhalb eines Mondjahrs, eines Monats, einer Woche und eines Tages, also innerhalb von 391 Tagen, einen Menschen-Mann finden, der sie ehelichte, sonst würde sie dem Prinzen unwiderruflich verfallen. Wurde sie aber wider Erwarten innerhalb dieser Frist geheiratet, so müsste Oqueran für immer auf sie verzichten.

Und nun zittere ich Tag und Nacht um Deirdre und wende mich flehend an Eure Welt: Ihr Menschen seid die Einzigen, die meine Tochter jetzt noch retten können. Sendet einen beherzten Mann, der um meine Tochter zu freien wagt. Zwar wird er durch das Ränkespiel des Okeaniden-Prinzen in permanenter Lebensgefahr schweben, dafür wird er eine der schönsten Frauen auf Erden für sich gewinnen und dabei zugleich Deirdres Seele retten. Seit ich selbst über eine solche verfüge, weiß ich, wie kostbar sie ist und wie wertvoll dieses ganze Menschsein. Verbindet Euch mit der Welt der Lebendigen, so könnt Ihr meine Tochter vielleicht noch retten! Ach, wenn ich diese Botschaft doch in alle Winde hinausschreien dürfte!

AIDAN

Bis vor wenigen Wochen schien die Welt noch in Ordnung – dachte ich. So kann man sich täuschen. Oh verdammt!

Unsere Familie war ebenso wunderbar wie ungewöhnlich. Dad und Mom waren großartige Eltern und von Mom werde ich ohnehin noch erzählen müssen. Es mangelte mir seit der Kindergartenzeit auch nie an Freundinnen und Freunden und mein Leben verlief ohne Streit und ohne Ärger oder Missgunst. Meine Schwester war der Traum aller Jungen in der Umgebung; sie war atemberaubend schön und eine tolle Spielkameradin! Ihr Freund Finn zählte zu meinen besten Freunden. Und dann kam dieser unselige Unfall ...

Kein Mensch weiß, warum die Straße dort einbrach, wo Deirdre und Finn an jenem verdammten Abend in den Abgrund stürzten. Jedenfalls war mit einem Schlag alles zu Ende, und das nicht nur für die beiden geliebten Menschen. Auch auf mich prasselten die Ereignisse derart ein, dass ich bald nicht mehr wusste, wo mir der Kopf stand. Dazu kam noch etwas besonders Skurriles: Auf einmal sollte mein ganzes Leben hier in Sligo nicht das gewesen sein, als was es mir und meinen Freunden und Freundinnen erschienen war; sollte dieses und jenes sich ganz anders verhalten haben, als man gedacht und nichts so gewesen sein, wie es ausgesehen hatte. Meine alte Welt brach unter Ächzen und Seufzen zusammen und hinterließ mir ein Trümmerfeld.

Nach Deirdres Unfall fiel auch Dad völlig zusammen. Ich hatte ihn nie zuvor weinen sehen, jetzt brach er täglich mehrmals in Tränen aus. Mutter verbiss irgendwie ihren Schmerz, und das war merkwürdig und machte mich erstmals stutzig. Deirdres Klassenkameraden stellten in der Nähe der Unfallstelle und vor unserem Haus

Kerzen auf und legten Blumensträuße ab. Lesley, eine Freundin meiner Schwester, fragte mich, ob ich ihr ein Foto von Deirdre geben könne. Ich sagte ja und wollte eines holen, und da fand ich kein einziges Bild von ihr. Ich suchte Mom auf und fragte, wo denn die tausend Bilder von Deirdre seien. Mom zuckte die Achseln, blickte mich aber nicht an. Da ging ich zu Dad. Er wusste von nichts, begann dann selbst zu suchen und wurde ganz aufgeregt, weil er nichts fand. Als wir beide kurz vor dem Kollaps standen, trat Mom ins Zimmer, schloss die Tür hinter sich und sagte: „Es wird Zeit, dass wir Aidan aufklären."

Dad nickte, zog sich dann aber ins Nebenzimmer zurück, und ich blieb mit Mom allein.

„Bevor jetzt alles auseinanderbricht", sagte sie, „sollst du erfahren, was sich hinter der Fassade unseres Lebens verborgen hat."

„Fassade", stammelte ich, „was meinst du damit?"

„Dein Dad und ich", fing Mom an, „haben vor euch Kindern ein Geheimnis gehütet, was wir dir jetzt nicht länger verschweigen dürfen. Dein Dad ist zwar ein ganz normaler Mensch; aber ich bin das nicht."

„Mom!", schrie ich auf, doch sie gebot mir zu schweigen.

„Es macht keinen Sinn, länger damit zu warten, Aidan; du wirst es ohnehin bald von mehreren Seiten erfahren. Besser, du weißt dann schon Bescheid. Ich bin kein Mensch, ich habe die menschliche Gestalt nur willentlich angenommen. Ich komme aus dem Meer und bin eine Nymphe, gehöre also zum Meervolk. Ran, die Herrin der Meere, ist meine Mutter und damit deine Großmutter.

Eines Tages haben dein Dad und ich uns am Strand getroffen, haben uns ineinander verliebt und sind zusammengezogen. Dann haben wir geheiratet und uns fortan wie ganz normale Menschen benommen. Deine Schwester hat das alles nur deshalb schon gewusst, weil sie, als sie 14 Jahre alt war, bei einigen ihrer Schwimmausflüge von den Großeltern und Tanten im Wasser aufgesucht worden ist und diese ihr die Augen geöffnet haben. Dabei erfuhr sie auch alles über mich und über sich und dich und hat die Wirklichkeit so sehen gelernt, wie sie jenseits des Sinnenscheins aussieht.

Und nun zu den Bildern: Es gehört zu den Gesetzen unserer Welt, dass die Fotos von Elementarwesen, die sie in angenommener Gestalt zeigen, verschwinden, sobald diese Wesen in die Anderswelt zurückkehren. Dasselbe gilt auch für deren Kinder, auch wenn sie zur Hälfte Mensch sind."

„Und du willst mir weismachen, dass du zu den Wasserwesen gehörst?"

„Nicht mehr ausschließlich, es hat sich durch die Ehe mit deinem Dad und durch eure Geburt etwas in mir verwandelt. Ich bin zwar zu einem Großteil noch Nymphe, habe aber schon so viel Seele von Tom und euch beiden abbekommen, dass ich immer menschenähnlicher werde. Das ist auch der Grund dafür, warum ich euch jetzt nach Deirdres Tod für einige Zeit verlassen muss. Ich bin mit meiner Undinen-Beschaffenheit dem Ansturm an Gefühlen nicht gewachsen, die von dieser neuen Seele in mir ausstrahlen. Bliebe ich hier, dann würden mich eure und meine seelischen Schmerzen über kurz oder lang töten. Anders gesagt, ich kann mit dieser Seele noch nicht so souverän umgehen wie eine Menschenfrau; Freude ertrage ich zwar schon ganz gut, aber bei Schmerzen wird es kritisch."

„Du kannst uns doch jetzt nicht verlassen, wo alles zusammenbricht", wandte ich ein, doch Mom sagte: „Ich muss es tun. Würde ich bei euch bleiben, so trüge dein Dad sehr bald auch mich zu Grabe, und dann wären wir für immer getrennt. Gehe ich für einige Monate zurück, so kann ich mich etwas erholen und euch auch zwischendurch besuchen kommen."

„Herrgott, Mutter, ich will das nicht!", stammelte ich und war nahe davor, in Tränen auszubrechen.

„Was geschehen ist, ist geschehen", sagte Mom. „Jetzt kommt es nicht mehr darauf an, was jeder verloren hat oder nicht verlieren will, sondern darauf, dass jeder von uns das Richtige tut. Ich habe mich gegen die Gesetze in Rheas Meeren aufgelehnt, und dafür zahlen wir nun alle den Preis: Deirdre, du und ich, dein Dad und unsere Verwandten und Freunde. Es wird Zeit, dass ich mir unsere Schicksale wieder aus der Distanz der Meere ansehe. Und jetzt geh und sage Lesley, die Bilder seien alle verräumt worden und du könnest sie momentan nicht finden."

Damit schickte Mom mich hinaus und ich ging und versuchte, den Anschein von Normalität zu wahren. Es war für lange Zeit das letzte Mal, dass ich meine wunderschöne Mom in der mir so vertrauten Gestalt sah.

Das Gespräch mit Mutter läutete die Endphase unserer Familie ein. Danach ging alles Schlag auf Schlag. Am Abend desselben Tages fragte mich Dad, wo Mutter sei. Ich antwortete, ich wisse es nicht, doch mir schwante Schlimmes. Wir suchten überall, fanden sie aber nicht. Wir weiteten die Suche bis zu Deirdres Unfallstelle aus, doch nirgendwo fanden sich Mutters Spuren. Unsere Freunde ließen die Küste absuchen, weil sie befürchteten, Mutter sei vor Schmerz über Deirdres Tod ins Meer gegangen. Das war wohl so falsch nicht, aber eben anders, als wie sie sich das dachten. Am richtigsten lagen noch die alten Weiber im Ort, die zu tuscheln begannen, Mom sei eine aus dem Meer, und dorthin sei sie jetzt zurückgekehrt. Als ich nach Fotos von Mutter suchte, musste ich feststellen, dass sie darüber die Wahrheit gesagt hatte.

Dass Dad die Ereignisse nicht durchstehen würde, war mir von Anfang an unbewusst klar gewesen, doch jetzt zeigte sich das auch für andere. Er kehrte immer öfter an jenen Strandabschnitt zurück, wo er Mom vor drei Jahrsiebten kennengelernt und erstmals in die Arme geschlossen hatte, und am Ende wollte er Tag und Nacht dort bleiben. Die Verwandten und ich holten ihn immer wieder gegen

seinen Willen zurück. Eines Morgens war er nicht in seinem Schlafzimmer. Wir suchten ihn überall. Im Laufe des Tages wurden dann
einzelne Kleidungsstücke von ihm am besagten Strandabschnitt an
Land gespült, Dad selbst wurde jedoch nie gefunden. Was mir von
ihm blieb, sind nur meine Erinnerungen an ihn und die vielen Fotos
in der Bilder-Schublade, die nicht wie bei Mutter und Schwester verschwanden.

Es geschahen dann noch drei weitere Dinge, die im Verhältnis zu
den vorigen Ereignissen nicht eigentlich schlimm genannt werden
können, aber derart ungewöhnlich waren, dass sie mich völlig aus
der Bahn gehauen hätten, wäre ich nicht durch Mutters Hinweis
schon auf einiges vorbereitet gewesen und durch den Verlust der
drei liebsten Menschen in meinem Leben in eine Art gleichgültiger
Starre verfallen.

Nach allem Erlebten, meinte ich damals, könne mich nichts mehr
erschüttern, doch selbst das erwies sich als falsch: Es geschah an einem Nachmittag im August dieses unseligen Jahres. Ich saß am
Strand eben der Bucht, die mein Schicksal einst in Gang gesetzt und
bis jetzt immer wieder bestimmt hatte. Ich dachte an nichts und nie-
manden Besonderes und blickte nur so übers Wasser hin, als ich
plötzlich bemerkte, dass sich jemand neben mir niedergelassen
hatte. Ich fuhr herum und erstarrte – neben mir saß Deirdre und sah
mich lächelnd an.

„Du hast vielleicht Nerven", platzte ich ohne nachzudenken heraus
und wollte sie in die Arme nehmen; doch sie streckte mir beide
Handinnenflächen entgegen und gebot mir Abstand zu halten.

„Aidan, Lieber, du hast leiden müssen", sagte sie, als sei es das Nor-
malste der Welt, dass eine Tote zu Besuch kommt und Konversation
mit dir macht. Dann fuhr sie fort: „Ich weiß von Mutter, dass sie dir
schon ein wenig von sich erzählt hat. Ihre Geschichte ist nicht nur
wahr, sondern greift auch tief in unser beider Schicksal ein und natürlich auch in das von Dad. Daher muss ich dir noch einiges aus

Mutters verflossenem Leben in der Anderswelt erzählen, jenem Leben, das sie einst wegen Vater verlassen hat. Es wird künftig noch mehr Schatten über dein Leben werfen."

„Erzähle, schlimmer kann's nicht werden", sagte ich.

Und nun erzählte mir Deirdre die ganze verquere Geschichte von Mutters Weigerung, den Okeaniden-Prinzen zu ehelichen, und wie deshalb meine Schwester lange vor ihrer Geburt an den Prinzen versprochen wurde. Sodann, was der Prinz später unternommen habe, um sie zur Heirat zu zwingen.

„Durch Mutters gedankenloses Versprechen konnte Oqueran mich mit mehreren Bannflüchen belegen, sofern ich seine Werbung weiterhin zurückwies. Sein erster Bann traf mich, als ich mit Finn zusammen heimfuhr: Oqueran strafte mich, indem er Finn tötete und mich durch meinen halben Tod in die Zwischenwelt verdrängte. Dort suchte er mich auf und fragte, ob ich bei meiner Weigerung bliebe. Er versteht so gar nichts von der menschlichen Seele und lässt außer Acht, dass ich eine solche in mir trage. Ich liebte Finn und wies Oquerans Werbung daher heftig zurück. Darauf belegte er mich mit dem zweiten Bann: Ich müsse innerhalb eines Mondjahres, eines Monats, einer Woche und eines Tages einen Mann finden, der mich heirate, sonst würde ich Oqueran endgültig verfallen, ohne ihn ein weiteres Mal abweisen zu können. Fände ich jedoch wider Erwarten einen Mann und würde mindestens ein Mondenjahr lang mit ihm verheiratet sein, so sei des Prinzen Anspruch auf mich endgültig dahin und er müsse mich freigeben.

Einen Mann aus der Zwischenwelt heraus zu suchen, kann ich allein jedoch nicht schaffen, ich bedarf dazu deiner Hilfe."

„Was soll ich tun?", fragte ich.

„Finde jemanden, den du zu mir bringen kannst. Das Weitere unternehme ich dann selbst."

„Du willst jemanden heiraten, jetzt, nach Finns Tod?", fragte ich entsetzt.

„Ich habe keine andere Wahl", sagte Deirdre traurig, „Das alles liegt nun in den Händen von Skuld und Huld. Wirst du mir helfen?"

„Das fragst du noch?", erwiderte ich. „Für dich fahre ich in die Hölle."

„Du pflegst noch das Weltbild eines mittelalterlichen Menschen", lächelte Deirdre, „das kann dir in nächster Zeit zur Gefahr werden, denn Oqueran kennt kein Erbarmen. Er ist dadurch, dass Mutter mich ihm versprach, nach den Gesetzen der Meere im Recht; das macht ihn mächtig und unberechenbar. Wenn er erfährt, dass du mir hilfst, wird sich sein Zorn auch gegen dich richten, und dann mögen die Götter dir beistehen! Versprichst du mir, dass du dich heute noch um etwas bemühen wirst, was dein Leben etwas sicherer machen kann?"

„Was sollte das sein?", fragte ich.

„Wir haben August, das Meer ist warm; du musst nur eine Stunde weit in die Bucht hinausschwimmen und dich dort treiben lassen. Dann bittest du Ägir und Ran um Hilfe. Sie sind unsere Großeltern und werden zu dir kommen. Versprich mir, dass du das tust!"

Ich versprach es, obwohl ich nicht so recht daran glaubte. Darauf nahmen wir Abschied voneinander und ich wollte sie schon wieder umarmen, weil ich so programmiert bin, dass ich von allem real Anwesenden immer meine, es müsse auch körperlich vorhanden sein; Deirdre verschwand jedoch wie ein Nebelhauch. Ich zog meine Kleider aus und ging ins Wasser.

Ich bin im Schwimmen nicht schlecht, aber Deirdres Umgang mit dem Wasser habe ich nie erreicht. Ich schwamm also auf dem Rücken mit kräftigen Schlägen in die Bucht hinaus und ließ mich nach etwa einer Stunde dort treiben.

Was hernach geschah, kann ich in Worten fast nicht wiedergeben. Kaum dass ich die Namen meiner Großeltern gedacht hatte, verwandelte sich auf wunderbare Weise meine gesamte vertraute Welt und zeigte mir, dass ich auch mit ihr einer riesengroßen Illusion aufgesessen war; ich kann es nur so beschreiben. Mir gingen buchstäblich die Augen auf! Zum ersten Mal in meinem 20-jährigen Leben blickte ich in die ‚wahre Wirklichkeit' hinein. Ich lernte meine Verwandten mütterlicherseits kennen und ich war begeistert von ihnen! Sie nahmen mich wie den verlorenen Sohn in ihrer Mitte auf und sprachen so liebevoll mit mir, wie es auch meine Verwandten väterlicherseits immer getan hatten; nur dass diese Gespräche hier in der Wunderwelt des Meeres stattfanden, weit draußen in der Bucht von Sligo, in den kristallenen Azurtönen von Wasser, Himmel und Sonne. Mutters wunderbare Schwestern erzählten mir alles über das feindliche Verhältnis meiner Mutter zu jenem Okeaniden, der Deirdre und Finn in den Tod getrieben hatte und der nun eifersüchtig über Deirdres Leben wachte. Sie gaben mir zu meiner vertrauten Alltagswelt eine zweite, ganz neue Heimat, nämlich die herrliche Anderswelt von Rheas lebendigen Fluten.

Als ich zurückschwamm, war ich so voller Leben, Freude und Staunen, wie man es als Normalsterblicher nie kennenlernt. Sobald dann das Ufer in Sichtweite kam, merkte ich, dass etwas nicht stimmte, denn an Land wuselten scharenweise Leute umher, ein Boot wurde gerade ins Wasser geschoben und die Sturmwarnlichter blinkten, obwohl kein Wölkchen am Himmel stand und die See ruhig war. Ich wunderte mich und schwamm weiter Richtung Land. Ein paar Hundert Meter vor dem Strand kam mir Alayna, eine meiner besten Freundinnen entgegengeschwommen. Sie weinte und als sie mich erreichte, nahm sie mich im Wasser in die Arme und schluchzte, sie hätten alle gedacht, ich wolle mich genauso wie mein Vater umbringen. Sie hätten mich nachmittags stundenlang gesucht und dann am Strand meine Kleider gefunden. Da hatte Alayna die Wasserschutzpolizei alarmiert. Ich musste fast lachen über ihre Aufregung, fand das Ganze aber zugleich auch süß, denn es zeigte mir, wie besorgt sie um mich war. An Land brauchte es dann noch Stunden, um die ganze Aufregung zu beruhigen und die angestoßenen Maßnahmen alle zu stornieren.

Mein Ausflug in die See hatte mich in jeder Hinsicht zu einem Anderen gemacht, denn zum einen wusste ich nun, dass Mutter, Schwester und sogar Vater nicht völlig getrennt von mir und auch nicht voneinander waren, zum andern, dass es neben der Alltagswelt eine durchaus erreichbare, wunderschöne, geheimnisvolle Anderswelt gab. Außerdem hatte ich bei meiner Rückkehr an Land die große Sorge meiner Freunde um meine Person erlebt und dass ich von so vielen lieben Menschen auch geliebt wurde.

Am nächsten Tag stand trotz meines Einspruchs in allen Zeitungen, ich hätte mich versucht umzubringen. An den Kosten für die Rettungsmaßnahmen, die auf Alayna zukamen, beteiligte ich mich ebenfalls, obwohl Alayna sie ganz allein hatte tragen wollen. Ihr größter Schmerz war aber dann, dass ich ihr und allen Freunden und Verwandten mitteilen musste, dass ich mein Studium im Ausland antreten würde. Meine Großeltern im Meer hatten mir geraten, dass ich im Süden Deutschlands, in der Nähe des Bodensees studieren und dort einige Jahre bleiben sollte. Warum? Aus Schicksalsgründen, hatten sie gesagt, mehr würde ich bald selbst herausfinden. Und weil es weit genug vom Meer entfernt lag. Da ich mir ein Leben in Sligo ohnehin nicht mehr so recht vorstellen konnte, folgte ich ihrem Rat.

Im Frühling des folgenden Jahres reiste ich ab. Glücklich war ich nicht, aber ich dachte an meine Erlebnisse vom Sommer zurück und das half mir über die schlimmsten Trennungsschmerzen hinweg. Alayna hatte mir gesagt, dass sie mir nach Deutschland nachreisen wollte, sobald sie das Abi habe. Wie sie sich mit verheulten Augen am Sligoer Hafen von mir verabschiedete, hat mich sehr gerührt.

ES WIRD ERNST

Es ist 8 Uhr morgens und das Thermometer zeigt schon wieder 20°
C im Schatten an; was nichts anderes bedeutet, als dass es gegen
Mittag auf 30° klettern wird! Aidan stöhnte, wenn er an die Mittags-
temperaturen der letzten Tage dachte. Als Küstenbewohner war er
so etwas von daheim nicht gewöhnt. Seit Sommer letzten Jahres
lebte er schon am Bodensee und die Semesterferien hatten am 1. Ap-
ril begonnen. Gut, er musste in seinen Ferien gelegentlich ein bisschen jobben, damit er genug Geld für Miete, Essen und Kleidung
zusammenbekam; aber die Gelder für Studium und Lehrmittel erhielt er über ein Stipendium. Er konnte also getrost ein paar Tage
zwischendrin blau machen, ohne verhungern zu müssen. Außerdem bekam er jede Menge Einladungen zum Essen, er wusste selbst
nicht warum. Sein Verhältnis zu anderen Menschen war ihm nach
wie vor ein Rätsel, denn wo immer er bisher gelebt hatte, war nie ein
Mangel an Freunden und Freundinnen gewesen. Irgendwie zog er
Menschen an und purzelte ohne eigenes Zutun in alle möglichen
Freundschaften hinein, die dann oft sogar erstaunlich stabil blieben.
Bei seinen Dozenten war er beliebt, weil er über eine schnelle Auf-
fassungsgabe verfügte, erstaunlich leicht lernte und sozial aktiv
war. Er studierte Deutsch und Literatur, lernte nebenher Franzö-
sisch und Italienisch und verfügte natürlich über seine beiden Mut-
tersprachen Englisch und Gälisch. Darüber hinaus gab er Nachhil-
festunden zu Spottpreisen oder umsonst. Hier in Deutschlands Süden hatte er sich schnell eingelebt, selbst die Sprache, also Hoch-
deutsch, war ihm leicht gefallen; den alemannischen Dialekt der Region lernte er nach und nach. Eigentlich flog ihm so ziemlich alles
zu.

Der einzige Schatten, der schwer auf ihm lastete, war die Sorge um seine zwei Jahre jüngere Schwester Deirdre. Sein Freund Finn, der mit Deirdre verlobt gewesen war, hatte sie „das schönste Weib auf Gottes Erdboden" genannt. Aber Finn war vor einem halben Jahr tödlich verunglückt und Deirdre ... Nun ja, es gab da ein Familiengeheimnis, an das er kaum zu rühren wagte.

Bei seinem Abschied daheim hatte Deirdre eine dringende Bitte ausgesprochen: „Suche mir dort, wo du hingehst, einen guten Mann", hatte sie gesagt, „sonst muss ich Oqueran heiraten, und ehe ich das tue, stürze ich mich von den Klippen von Moher. Denk daran, dass ich nur eine Frist von 391 Tagen habe."

Er kannte Oquerans Macht nur zu gut! Durch ihn hatte er seine Mutter, seine Schwester, seinen Vater und seinen Freund Finn verloren, und das alles hatte sich Schlag auf Schlag in einem einzigen Jahr abgespielt. Die Frist von 391 Tagen war jetzt schon zur Hälfte verstrichen, ohne dass er Deirdres Bitte hätte nachkommen können. Nicht aus Trägheit, nein, es verhielt sich ganz anders: Er hatte moralische Bedenken, denn er fürchtete um das Leben desjenigen, der Deirdre zur Frau nehmen würde. Er hatte an der Uni einen Kommilitonen kennengelernt, der auch schon wieder so etwas wie ein Freund geworden war, und der als Deirdres Mann durchaus in Frage käme. Aber gerade wegen dieser Freundschaft verschob Aidan ein Gespräch mit ihm von Woche zu Woche. Er hieß Heiner und war ein feiner Kerl; und er hatte seinerseits eine nette Schwester, Katharina. Doch durfte er die beiden einfach in sein Familiendrama mit hereinziehen? Denn Katharina wäre womöglich auch davon betroffen. Ja, wenn damals alles normal gelaufen wäre und Deirdre ... Herrgott nochmal!

Wie so oft, kam er mit seinen Gedanken und den vielen „Wenns" nicht weiter. Aber bevor er die jetzige Deirdre auch noch verlor, wie er schon die frühere und mit ihr seinen Freund Finn, dazu Mutter und Vater verloren hatte, sollte er zumindest versuchen, Heiner mit

Deirdre bekannt zu machen, auch wenn es bedeutete, das Schicksal herauszufordern. Allerdings kam er sich dabei wie ein Verräter vor: Entweder ließ er seine Schwester im Stich oder er stürzte Heiner in ein lebensgefährliches Abenteuer, das nicht unbedingt gut ausgehen musste. Und Katharina würde er dabei mit in Gefahr bringen, verdammt! Seine Mom wäre im Augenblick wohl die Einzige, die ihm einen Rat geben könnte; aber seine Mutter war seit damals unerreichbar ...

Aidan machte sich widerstrebend an seine ‚Hausaufgaben'. Er fing morgens immer mit Deutsch an; das bedurfte ständiger Übung, denn das musste er perfekt beherrschen; schließlich war es auch die Voraussetzung für sein Literaturstudium. Dazu hörte er sich Texte von der Sprach-Kassette an, die er hinterher laut nachsprach. Sein Gehör und seine Sprachfähigkeit waren zum Glück außergewöhnlich zuverlässig, und was er zwei- oder dreimal gehört hatte, konnte er akzentfrei nachsprechen und sich erstaunlicherweise auch merken. Sprache vergaß er nie; daher auch seine Wahl der Studienfächer, Literatur und Sprachen.

Für heute Mittag war Aidan bei seinen Freunden Heiner und Katharina, die in Nussdorf wohnten, zum Essen eingeladen. Danach wollten sie zusammen an den See baden gehen. Er hatte die Einladung gern angenommen, dachte sogar, er könne die Gelegenheit zu einem vertraulichen Gespräch mit Heiner nutzen, aber die Skrupel plagten ihn mehr denn je. Die Frage, ob er Andere derart in Gefahr bringen durfte, blieb unbeantwortet. Mal entschied er sich dafür, Heiner ins Vertrauen zu ziehen, dann wieder dagegen. Gesetzt, er täte es, dann könnte er ja immerhin noch im Auge behalten, wie sich die Geschichte weiter entwickelte und notfalls eingreifen. Aber halt! Wäre er zum Eingreifen dann überhaupt noch in der Lage?

Kurz nach zwölf stieg Aidan in seinen alten VW und fuhr los. Um ein Uhr läutete er an Heiners und Katharinas Haustür. Katharina machte auf.

„Hallo", sagte sie fröhlich und umarmte ihn, „fein, dass du kommst! Das Essen ist fast fertig."

Noch so etwas, an das er sich erst gewöhnen musste, dieses Umarmen. Weiter südlich küsste man sich sogar beim Begrüßen, allerdings nur auf die Wangen. Ein netter Brauch!

Er lächelte: „Herzlichen Dank für die Einladung! Ich habe nicht einmal etwas mitgebracht."

„Ist auch nicht nötig", Katharina lachte, „hat ja keiner Geburtstag."

Sie traten ins Besuchs-, Studier-, Ess- und Gästezimmer. Der Tisch war schon gedeckt. Heiner hatte ein Buch vor sich auf dem Teller liegen.

„Hallo", sagte er, „schön, dass du kommst!"

Er stand auf und umarmte Aidan, was dieser sich, innerlich widerstrebend, gefallen ließ. Eigentlich umarmte man keine Männer, nur Schwule machten das.

„Nimm Platz", sagte Heiner und deutete auf einen der Stühle.

„Danke", sagte Aidan, „und, wie geht es dir?"

„Och", meinte der Angesprochene, „man lebt so."

„Ist diese Antwort nicht typisch Schwäbisch?", fragte Aidan.„Die minimalistische Form und der pessimistische Inhalt?"

„Wenn du meinst", entgegnete Heiner, „nur leider eine nicht ganz fehlerfreie Aussage deinerseits."

„Wieso? Klär mich auf!"

„Erstens", sagte Heiner, „bin ich kein Schwabe, sondern Badener, was ein himmelweiter Unterschied ist! Zweitens …"

„Schluss jetzt mit den Diskussionen! Das Essen ist fertig", platzte Katharina dazwischen, die eben mit zwei Schüsseln aus der Küche hereinkam und Heiners Erklärung unterbrach.

„Hör mal", wandte sich Heiner an sie, „der Kerl da hat mich einen Schwaben genannt."

„Ich lass die Schüsseln fallen!", sagte Katharina. „Du bist zwar mein Bruder und gelegentlich ein cheiber Siech, aber so was Übles wie ein Schwabe bist du deswegen noch lange nicht. Fordere nur gleich Satisfaktion von dem Kerl, sonst tu ich's."

Lachend setzten sie sich zu Tisch und Heiner legte sein Buch auf eine Kommode hinter sich.

Nach dem Essen gab es Kaffee, dann holten Heiner und Katharina ihre Badesachen und sie gingen nach draußen.

„Lasst uns heute bitte mit zwei Wagen fahren", bat Aidan, und an Heiner gewandt: „Ich müsste dich heute Abend noch etwas Wichtiges fragen und eventuell mit dir zusammen wohin fahren. Natürlich nur, wenn du Zeit hast und deine Schwester es dir erlaubt."

„Passt schon", stimmte Heiner zu.

Dann stiegen sie in die kochend heißen Autos und fuhren die kurze Strecke zum Nussdorfer Bad.

Sie legten ihre Handtücher und Taschen auf die Wiese und begaben sich sofort ins Wasser. Vom flachen Ufer aus wateten sie seeeinwärts, bis der Wasserstand tief genug zum Schwimmen war, und überließen sich ab dort den kühlen Fluten des Bodensees. Heiner und Katharina waren gute Schwimmer, aber gegen Aidan hatten sie keine Chance, was natürlich nicht sein Verdienst war, sondern mit seiner Familiengeschichte zu tun hatte. Seine Mutter, seine Schwester und er selbst waren schon in Sligo die Spitzenreiter bei allen Wasserspielen gewesen, vor allem natürlich seine Mutter…Aidan beherrschte Schwimmarten, die es offiziell gar nicht gab, die überhaupt nicht ermüdeten und jemanden schneller durchs Wasser gleiten ließen als es die vertrauten Schwimmtechniken ermöglichten. Ähnlich war es beim Tauchen, denn er konnte minutenlang ohne sichtliche Anstrengung in die Tiefe gehen und musste das nicht einmal üben. Seine Freunde hielten ihn für ein Naturtalent.

Den ganzen Nachmittag über quälte sich Aidan in immer neuen Anläufen mit seiner Entscheidung herum, ob er am Abend wirklich mit Heiner sprechen sollte oder nicht; daher war er im Umgang mit den Freunden weniger aufmerksam als sonst, und Katharina merkte wohl, dass ihn etwas bedrückte.

„Geldsorgen?", fragte sie ihn, als Heiner etwas entfernt bei den Tischtennisplatten stand und einem Spiel von zwei Könnern zuschaute.

„Och, nein", antwortete Aidan.

„Aber irgendetwas quält dich", sagte Katharina.

„Ja", antwortete er und wusste dann nicht weiter.

Katharina lächelte: „Du musst nicht darüber sprechen, aber wenn du willst, höre ich gern zu. Vielleicht können wir dir sogar helfen?"

Aidan hätte sich liebend gern jemandem anvertraut und sich alle Sorgen von der Seele geredet, doch das wagte er nicht, vor allem nicht gegenüber Katharina. Weil er die junge Frau nicht brüskieren wollte, wich er aus: „Ja, es gibt in meinem Leben Dinge, mit denen ich nicht klarkomme, die mich quälen, doch es ist noch zu früh, um darüber zu sprechen."

„Schade", meinte sie leichthin, „dass du so wenig Vertrauen zu mir hast."

Aidan war von ihrer Wortwahl betroffen und sah sie an: „Katharina, Liebe, wenn ich dir gegenüber etwas verschweige, dann nur deshalb, weil ich unsere Freundschaft nicht zerstören will und weil es für dich gefährlich sein könnte ..."

Er konnte sich eben noch bremsen, doch seine bruchstückhafte Erklärung schien sie zu beruhigen, denn sie brachte ihr Gesicht ganz nah an seines, küsste ihn auf den Mund und sagte: „Ich wollte nicht aufdringlich sein und mich in deine Geheimnisse eindrängen, ehrlich; ich wollte dir nur etwas von deiner Last abnehmen." Dann küsste sie ihn noch einmal, stand auf und streckte den Arm nach ihm aus: „Komm, wir gehen schwimmen!"

Um 18 Uhr verließen sie das Freibad und gingen zu den Wagen.

„Wie sollen wir es machen?", fragte Heiner.

„Wäre es in Ordnung, wenn Katharina in eurem Wagen heimfährt und ich dich für kurz mitnähme?", fragte Aidan.

„Umgekehrt wär's mir lieber", spaßte Katharina.

„Für mich okay", sagte Heiner. Und so nahm das Schicksal seinen Lauf, doch das wusste zu dieser Zeit noch keiner.

DAS RAD BEGINNT ZU ROLLEN

Sie fuhren hintereinander bis Nussdorf, dort bog Aidan nach Norden ab, wobei sie etliche kleinere Orte durchquerten, bis sie schließlich nach Salem gelangten und von dort ins Deggenhausertal. Nach Wittenhofen, einem der kleinen Dörfer im Tal, bogen sie scharf nach rechts ab und fuhren auf die Höhe hinauf.

„Wo fährst du eigentlich hin? Da wohnst du doch gar nicht in Azenweiler", fragte Heiner.

Aidan bewunderte Heiners Fähigkeit, so lange zu schweigen.

„Wir müssen nicht zu mir heim", antwortete er. „Ich brauche eine bestimmte Stelle im Wald. Und bevor wir dorthin gelangen, kann ich dir im Wagen schon alles erklären."

„Da bin ich aber mal gespannt", sagte Heiner.

Den weiteren Weg über schwiegen sie wieder. Aidan kurvte noch eine Zeitlang kreuz und quer herum, dann stellte er den Wagen auf einem einsamen Waldweg ab. Mittlerweile war es dämmrig geworden. Aidan wirkte nervös.

Heiner legte ihm die Hand auf die Schulter und sagte: „Jetzt aber mal raus mit der Sprache! Du kaust doch schon den ganzen Tag auf etwas herum." Also hatte Heiner seine Sorgen ebenfalls bemerkt.

Aidan atmete tief durch, dann sagte er: „Heiner, was ich dir jetzt erzähle, muss streng vertraulich bleiben. Kann ich mich auf deine Verschwiegenheit verlassen?"

„Kannst du", war die knappe Antwort.

„Aber es kommt noch schlimmer", fuhr Aidan fort, „indem ich dich in meine Familiengeschichte hineinziehe, bringe ich dich in Gefahr."

„IRA?", fragte Heiner.

„Schlimmer", antwortete Aidan, „und nicht nur gefährlich für dich, wenn etwas schiefgeht, sondern möglicherweise auch für Katharina."

„Dann ist meine Antwort, nein'", sagte Heiner.

„Gut, das ist ein offenes Wort", erwiderte Aidan. „Ich möchte dich auch nur um deine Hilfe bitten, wenn du sie wirklich problemlos anbieten kannst. Dazu werde ich dir zuvor einiges erzählen, was du für ein ausgewogenes Urteil wissen musst; du kannst dann immer noch frei entscheiden, ob du helfen willst oder nicht. Ich bin mit jeder deiner Entscheidungen einverstanden, das schwöre ich."

„Schieß los", sagte Heiner.

„Jetzt wird es ganz schwierig, weil ihr hier in Mitteleuropa bestimmte Märchen und Sagen nicht kennt, die bei uns noch recht vertraut sind. Was ich dir jetzt erzähle, wird dich weit überfordern, und ich kann dich nur bitten, mich ernst zu nehmen und vor allem, nicht an meinem Verstand zu zweifeln."

„Die Spannung steigt", versuchte Heiner zu flachsen, doch Aidan lachte nicht. „Sorry", schickte Heiner hinterher.

Aidan fuhr fort: „Wir lebten bis Mitte letzten Jahres in der Nähe einer Stadt an der irischen Nordwestküste und waren eine tolle Familie. Meine Mutter Finnabair galt als außergewöhnlich schöne Frau, und sie und mein Vater Tom waren glücklich miteinander verheiratet. Sie hatten zwei Kinder, mich und meine zwei Jahre jüngere Schwester Deirdre. Dass es Geheimnisse gab, merkten wir Kinder anfangs nicht, erst später, als wir in die Pubertät kamen. Dann hörten wir auch gelegentlich merkwürdige Kommentare von einigen alten Frauen aus der Umgebung." Aidan machte eine Pause.

„Was für Kommentare?", fragte Heiner.

„Sie sagten, meine Mutter sei gar kein Mensch, sondern komme aus dem Meer."

„Und was bedeutet das?", fragte Heiner weiter.

„Es heißt soviel wie ,eure Mutter gehört zum Meervolk', ist also eine Undine oder Nymphe und kein Mensch."

„Und in welchem Sinne wurde der Begriff ,Meervolk' verwendet?"

Aidan bedachte sich kurz, dann sagte er: „Das ,Meervolk' sind die verschiedenen Wasser-Wesen unserer Mythologie und der Sagen- und Märchenwelt. Diese Wesen wurden in früherer Zeit als Götter verehrt, später dann abgewertet und erhielten, als das Christentum sich verbreitete, fast unheimliche oder drohende Züge. In alten Sagen findet sich dieses Motiv übrigens noch öfters, dass eine aus dem Meervolk mit einem Menschenmann zusammenlebt und Kinder hat."

Heiner war fasziniert; er fragte: „Woran könnte sich das gezeigt haben, dass sie aus dem Meer kam?"

Aidan antwortete: „An der Art, wie sie mit dem Element Wasser umgeht. Dieser Umgang bestätigte die Gerüchte voll und ganz, obwohl wir über das Geschwätz natürlich nicht glücklich waren. Wir bewunderten unsere Mutter und hielten sie für etwas Besonderes, was sie ja auch war.

Aber ich schweife ab. Die Probleme kamen dann von einer ganz anderen Seite. Mutter, so erfuhren meine Schwester und ich später, war von ihrer Mutter, der Herrin der Meere, einem Okeaniden-Prinzen zur Frau versprochen worden, lange noch bevor sie an Land ging. Als der Prinz um sie warb, wies sie ihn ab. Er beharrte jedoch auf seiner Forderung und gab erst Ruhe, als er statt ihrer ihre erstgeborene Tochter versprochen bekam. Dadurch geriet dann später meine Schwester in die Machtsphäre des Prinzen. Nur war Deirdre keine Undine, sondern ein Mensch mit einzelnen Eigentümlichkeiten von Mutters Seite, deshalb wehrte sie sich heftig dagegen, ohne Wissen und Mitsprache zu einer Heirat gezwungen zu werden. Der Prinz, Oqueran, drohte ihr Strafe an, wenn sie nicht die Seine würde; aber Deirdre war bereits mit einem Jungen meines Alters so gut wie verlobt, meinem Freund Finn, und missachtete alle Drohungen. Eines Abends zerstörte Oqueran die Straße, auf der Deirdre und Finn immer vom Baden nach Hause fuhren und ihr Wagen stürzte Hunderte von Metern in einen Abgrund. Finn war natürlich sofort tot; doch Deirdre war zu einem Teil Nymphe, daher starb sie nicht, sondern weilt seither in einer Art Zwischenwelt, aus der sie in beide Welten gelangen kann."

„Von was für Welten sprichst du?", fragte Heiner.

„Von der Alltagswelt, in der wir leben, und von der Anderswelt, die ihr das ‚Jenseits' nennt."

„Entschuldige", sagte Heiner, „so ganz habe ich das noch nicht verstanden. Warum sollte sie in die Anderswelt gehen; oder warum in die Alltagswelt?"

„Das hängt mit ihrer Herkunft zusammen: Als Mensch strebt sie natürlich die Alltagswelt, zum Beispiel, wenn sie mich aufsucht, als Undine jedoch die Anderswelt. In letztere ist auch meine Mutter nach dem Unfall zurückgekehrt, weshalb mein Vater sich kurz darauf das Leben nahm; er ging freiwillig ins Meer."

„Mein Gott", rief Heiner aus, „das ist ja ein fürchterliches Schicksal, das euch da heimgesucht hat!"

„Ich muss dir die Probleme noch genauer beschreiben, in die wir geraten sind", fuhr Aidan fort. „Es verhält sich so, dass du als Mensch ja eine individuelle Seele in dir trägst, als Undine fehlt dir das jedoch. Diese individuelle Seele ist aber wertvoller als das reine

Leben für sich allein, daher sollte, wer Seele hat, diese sorgfältig bewahren. Mutter hat durch ihre Liebe zu Vater und uns Kindern von uns allen irgendwie Seele angenommen, und die wächst seither in ihr. Sie ist also nicht mehr nur Nymphe, sondern ein Zwischenwesen geworden, so etwas wie eine Sirene oder Vergleichbares. Anders verhält es sich mit meiner Schwester und mir. Wir sind zwar eindeutig beseelte Menschen, doch können wir auch zurückfallen und unsere Seele wieder verlieren. Das will meine Schwester um jeden Preis vermeiden, daher weigerte sie sich auch nach Finns Tod, den Meeresprinzen zu heiraten. Oqueran sprach daraufhin einen Bann über sie aus: Wenn sie nicht innerhalb eines Mondjahres, eines Monats, einer Woche und eines Tages einen Mann fände, der sie zur Frau nähme, so müsse sie Oquerans Weib werden, ob sie wolle oder nicht, und damit würde sie ihre Seele mit Sicherheit einbüßen. Findet sie jedoch einen Mann, der sie vor diesem Schicksal bewahrt, muss der Prinz von seiner Forderung abstehen und Deirdre ist endgültig frei."

„Wann wurde dieser Bann ausgesprochen?", fragte Heiner.

„Vor etwa 200 Tagen", antwortete Aidan, „die Hälfte der Zeit ist schon vorüber."

„Und warum erzählst du mir das?", fragte Heiner weiter.

„Weil du meinem Empfinden nach ein würdiger Gemahl für Deirdre wärst."

Jetzt verschluckte sich Heiner an der eigenen Spucke. Er hustete eine Weile und sagte dann: „Aidan, du bist meschugge!"

„Ich weiß", stimmte Aidan zu.

„Und was machen wir jetzt?", fragte Heiner.

„Ich mache dich mit Deirdre bekannt, dann kannst du dich in aller Ruhe entscheiden und mir deinen Entschluss mitteilen", schlug Aidan vor. „Aber ich warne dich: Deirdre wurde nicht ohne Grund die ‚schönste Frau auf Erden' genannt. Wenn du sie erst gesehen hast, wird dir eine Absage schwerfallen."

„Das nehme ich auf mich", entgegnete Heiner, der neugierig darauf war, wie Aidan seine Schauergeschichte wohl beweisen wollte. Er hätte seinen Kopf darauf verwettet, dass das alles Mumpitz war; doch wunderte er sich über Aidan, dem er solch schräge Fabuliererei gar nicht zugetraut hatte.

Darauf verließen sie den Wagen und wanderten etwa eine Viertelstunde lang schweigend ins Halbdunkel hinein, dann hörten sie Wasser rauschen. Sie kamen zu einer Quelle, die einen Bach speiste. Dieser stürzte wenige Meter von der Quelle entfernt zwei bis drei Meter über eine Sandsteinwand in sein tiefer gelegenes Bachbett hinab. Als die Männer sich der Quelle näherten, stob ein Rudel Rehe davon. Doch eins der Tiere blieb stehen und kam ihnen dann sogar entgegen. Heiner war außer sich; ihm war, als träume er. Aidan trat auf das Tier zu, so dass Heiner es kurzzeitig nicht mehr sehen konnte und im nächsten Moment umarmte sein Kommilitone eine Frauengestalt. Die beiden unterhielten sich in einer ihm fremden Sprache. Dann führte Aidan die Frau zu Heiner hin und sagte: „Darf ich dir meine Schwester Deirdre vorstellen?" Und an Deirdre gewandt: „Dieser junge Mann hier ist ein Kommilitone und Freund von mir und heißt Heiner. Ich schlage vor, wir kehren in einem der Gasthöfe der Umgebung ein, dann können wir uns sogar sehen."

„Sehr erfreut", sagte die Frau fast akzentfrei.

„Ganz meinerseits", antwortete Heiner.

Dann schwiegen sie verlegen. Sie gingen zurück zu Aidans Wagen und stiegen ein.

Eine Viertelstunde später hielten sie vor einem Landgasthaus, verließen den Wagen und traten aus dem Dunkel ins Licht einer Außenlaterne. Zuerst waren sie kurz geblendet, dann gewöhnten sich ihre Augen ans Helle. Als Heiner Deirdre jetzt ansah, durchfuhr es ihn wie ein Blitzstrahl und er zuckte innerlich zusammen. Vor ihm stand eine so ungewöhnlich schöne Frau, wie er sie noch nie im Leben gesehen hatte. Ihr langes Haar war schwarz wie Aidans und umwallte ihre Schultern in Locken. Sie war schlicht gekleidet, doch ihre Schönheit bedurfte keines Schmucks. Heiner hielt eine Zeit lang den Atem an, dann schnappte er nach Luft. Sie traten in das Gasthaus ein und setzten sich an einen der Tische. Sie waren die einzigen Gäste. Die Wirtin kam, reichte ihnen drei Vesperkarten und fragte, was sie zu trinken wünschten.

Wenn sich Heiner später an diesen ungewöhnlichen Abend erinnerte, kam es ihm so vor, als hätten sich seit Deirdres Gegenwart die Ereignisse auf zwei völlig verschiedenen Ebenen abgespielt. Zum einen meinte er zu träumen, und dieses Gefühl wurde, je weiter der Abend voranschritt, desto stärker. Zum andern benahm er sich wie ein ganz normaler Mensch, plauderte, fragte und versuchte sogar zu scherzen. Die Wirtin kam, sie erhielten die gewünschten Getränke und bestellten jeder eine hauseigene Vesperplatte. Als dieselben gebracht wurden, war Deirdre ganz begeistert von den runden hölzernen Vesperbrettern, auf denen ,Guten Appetit' eingebrannt war. Heiner war außerstande, etwas zu denken oder die Situation nüchtern zu betrachten, er konnte nur immerzu dieses zauberhafte Wesen am Tisch anschauen und versuchen, sich ihre wunderbaren Züge einzuprägen. Und es kam, wie Aidan ihm gesagt hatte, er spürte noch am selben Abend, dass ihm nun wirklich keine freie Wahl mehr blieb.

Da es spät geworden war, rief Heiner seine Schwester an und sagte, dass alles in Ordnung sei und er demnächst heimkäme. Deirdre wollte in dem Landgasthof übernachten, wo sie sich befanden und bestellte ein Zimmer für die Nacht. Dann verabschiedeten sie sich herzlich voneinander und machten aus, sich am folgenden Tag bei Heiner und Katharina zum Mittagessen zu treffen. Deirdre umarmte Aidan und dann auch Heiner, und Aidan brachte ihr eine Reisetasche vom Wagen zu ihrem Zimmer im ersten Stock. Dann stiegen die Freunde ins Auto und fuhren schweigend nach Nussdorf zurück. Mittlerweile war es schon spät. Katharina kam kurz zum Wagen heraus und bot Aidan an, dass er im Esszimmer bei ihnen übernachten könne, um nicht noch heimfahren zu müssen; doch Aidan dankte ihr und sagte, er müsse unbedingt heim. Sie verabschiedeten sich voneinander und Aidan fuhr in die Nacht hinaus.

BESUCH AUS EINER ANDEREN WELT

Heiner erwachte früh am Morgen. Das Bild der zauberhaften Schönen, die er am Vorabend kennengelernt hatte, stand ihm wieder lebendig vor Augen. Das machte ihn ruhelos und fahrig und er stand auf, weil so an Schlaf nicht mehr zu denken war. Doch auch im Studierzimmer war ihm keine konzentrierte Tätigkeit möglich. Er nahm ein Buch in die Hand, um es im nächsten Augenblick wieder zurückzulegen. All sein Sinnen und Trachten war darauf gerichtet, die schöne Fremde wiederzusehen. Oder wenigstens mit Aidan zu sprechen, um mehr über sie zu erfahren. Was genau, sagte Aidan, solle er tun? Deirdre zur Frau nehmen? Aber die würde sich bedanken, so jemanden wie ihn angeboten zu bekommen. Doch was hatte Aidan noch gesagt? Dummerweise hatte er fast alles vergessen, was der Freund ihm im Wagen mitgeteilt hatte; die Begegnung mit Deirdre schien die gesamte Vergangenheit derart zu überstrahlen, dass nichts mehr in der Erinnerung haftete. Gleichzeitig mit der wachsenden Sehnsucht nach Aidans Schwester erkannte er mit einem Teil seines Wesens, dass er sich in einen Zauber zu verstricken begann, der nicht alltäglich, nicht normal und nicht natürlich war. Meerwesen, Verzauberung, ein Bannfluch, übernatürliche Ereignisse, das Erscheinen des Rehrudels an der Quelle, das einzelne Tier in der Dämmerung; und dann plötzlich, wie aus dem Nichts, die fremde Frau: Das alles war schon deswegen verrückt, weil es unmöglich war. Unmöglich! Doch was hatte er dann gestern Abend erlebt? Er hatte doch die Schöne gesehen, gehört, ihren Händedruck gespürt und mit ihr und ihrem Bruder geplaudert. Er musste unbedingt mit Aidan sprechen!

50

Katharina trat aus dem Bad und ging in die Küche. Als sie am Studierzimmer vorbeikam, streckte sie den Kopf kurz herein: „Morgen, Brüderlein! Schon Kaffee getrunken?"

Heiner antwortete: „Hallo. Nein."

„Soll ich für dich einen mitmachen?"

„Das wäre nett." Katharina verschwand wieder.

Nach kurzer Zeit hörte er von der Küche her: „Fertig! Du kannst kommen."

Heiner ging hinüber. Sie setzten sich an den Küchentisch.

„Was war denn gestern mit Aidan los?", fragte Katharina.

„Wieso?", fragte Heiner zurück.

„Nun, er war so zerstreut und irgendwie in Gedanken, als wenn er sich Sorgen um etwas oder jemanden gemacht hätte."

„Frag ihn doch", riet ihr Heiner.

„Hab ich ja."

„Und, was hat er geantwortet?"

„Er sagte, er mache sich wirklich Sorgen, aber es sei noch zu früh, um darüber zu sprechen. Außerdem könne er mich damit in Gefahr bringen. Aber jetzt sag doch du mal, was habt ihr beiden denn gestern Abend so lange getrieben?"

„Wir haben seine Schwester in einem Landgasthof oberhalb des Deggenhauser Tals besucht. Sie kommt übrigens heute zum Mittagessen zu uns."

„Ach, wie schön! Nur gut, dass ich jetzt auch davon erfahre. Wann gedachtest du denn, mir das mitzuteilen?"

„Entschuldige, du hast recht. Ich hatte es vergessen. Sollen wir uns zum Essen etwas schicken lassen?"

„Auf jeden Fall. Ich kann mit den vorhandenen Vorräten kein Menü für vier Personen zaubern."

Bei dem Wort ‚zaubern' fuhr Heiner unwillkürlich zusammen.

„Was ist los?", fragte Katharina, die Heiners Reaktion bemerkt hatte.

„Ach, nichts."

„Weißt du, was ich glaube?", fing Katharina wieder an.

„Nein, was?"

„Ich glaube, dass dir Aidan etwas erzählt hat, was möglicherweise mit seiner Schwester zusammenhängt."

„Wie kommst du denn darauf, Sherlock?", fragte Heiner.

„Ganz einfach: gestern Aidans Verhalten und heute deines, nachdem Aidan dich am Abend stundenlang entführt hat. Und dann plötzlich die Einladung seiner Schwester für heute zum Mittagessen. Wer da keine Zusammenhänge sieht, ist blöd."

„Blind."

„Wie bitte?"

„‚Blind' muss es heißen, nicht ‚blöd'."

„Ja, vielleicht auch blind oder beides. Wie ist denn seine Schwester so?"

Heiner verschluckte sich am Kaffee und musste eine ganze Weile husten.

„So beeindruckend?", fragte Katharina.

Heiner rang nach Luft. „Gopferdeggel, Sherlock! Du raubsch mer de ledschde Nerv!"

„Oh, oh! Da hab ich ja mal wieder genau ins Schwarze getroffen, stimmt's?" Katharina musste lachen. Doch eingedenk seines Versprechens an Aidan gab Heiner nichts von dem am Vorabend Gehörten preis.

Gegen 13 Uhr läutete bei Heiner und Katharina die Hausglocke. Katharina öffnete gespannt die Tür und fuhr fast zurück, als sie Aidans Schwester draußen stehen sah: Sie hatte noch nie in ihrem Leben eine so schöne Frau gesehen. Doch sie fing sich sogleich wieder, begrüßte die zauberhafte Fremde herzlich und hieß sie willkommen. Aidan bekam einen Kuss auf jede Wange und einen auf den Mund. Heiner kam ebenfalls zur Tür und begrüßte die seit Stunden heiß Ersehnte. Zusammen traten sie ins Innere des Hauses und Heiner bat sie gleich ins Studierzimmer, das jetzt wieder Esszimmer war. Während Heiner und Aidan etwas befangen erschienen, wirkten Katharina und Aidans Schwester entspannt und fröhlich. Deirdre sprach Deutsch mit Akzent und lustigen Versprechern, was immer wieder für Heiterkeit sorgte. Sie sagte, sie lerne Deutsch erst seit einem halben Jahr und ihr Mund sei noch nicht deutsch genug umgeformt. „Du hast sicher ‚verformt' gemeint, schlug Katharina im Scherz von. Deirdre lachte nur und sagte, für sie sei fast jede Sprache ein erfreuliches Abenteuer, nur Englisch halte sie für nicht sehr schön.

Heiner, der Englisch liebte, fragte: „Und weshalb magst du Englisch nicht so gern?"

„Nun, es ist eine Sprache für Geschäftsleute, praktisch denkende Wissenschaftler und Banditen", meinte Deirdre. „Aber alle, die das Leben, die Natur und die Kunst lieben, sprechen eine andere Sprache."

„Und Shakespeare, Shelley, Blake und andere: Was ist mit denen?", hakte Heiner nach.

Deirdre lachte: „Das sind Ausnahmen, und Ausnahmen sind ja immer in der Minderheit."

„Und Deutsch, die Sprache der Auto- und Maschinenbauer und der Chemie- und Industrie-Fuzzies, die gefällt dir?", fragte Katharina.

„Bei denen wird nicht ohne Grund oft Englisch gesprochen", konterte Deirdre. „Aber ich will euch nicht eine Sprache schlecht machen", fügte sie hinzu. „Ich habe gehört, dass viele Deutsche Englisch lieben."

„Was ist deine Lieblingssprache?", fragte Heiner.

„Gälisch", antwortete Deirdre.

„Könnt ihr euch ein paar Sätze lang auf Gälisch unterhalten?", bat Katharina. „Das kenne ich vom Klang her gar nicht."

Aidan schmunzelte, und die Geschwister unterhielten sich in der gewünschten Sprache.

„Boah!", machte Katharina. „Da erkenne ich ja nicht ein einziges Wort."

„Dennoch ist es eine indogermanische Sprache", sagte Aidan, „und damit auch mit Englisch und Deutsch verwandt."

Nach dem Essen fragten Heiner und Katharina, was ihre Gäste gern unternehmen würden und ob sie irgendwelche Wünsche hätten.

„Wenn es euch recht ist", antwortete Deirdre, „würde ich sehr gerne ein wenig wandern gehen, vor allem in einer an Bächen und Flüssen derart reichen Landschaft wie dieser hier."

Aidan sagte, da komme er gerne mit, und so brachen sie bald nach dem Essen auf. Sie wollten zum Pfrungener Ried und mussten dazu erst eine Strecke weit mit dem Auto fahren. Zunächst hielten sie sich nordwärts, fuhren an Rengoldshausen vorbei, durch Altheim und Denkingen und bogen in Ochsenbach Richtung Waldbeuren ab. In der Nähe des Rieds parkten sie den Wagen und wanderten ins Moor hinein. Deirdre war von der Landschaft, den verträumten Seen und den Pflanzen und Tieren hellauf begeistert.

Sie verbrachten den Nachmittag bis in den Abend hinein im Ried und fuhren erst mit einbrechender Dämmerung zurück.

„Wenn es euch recht ist und euch ein schlichtes Vesper zum Lunch genügt, können wir in dem Waldgasthof einkehren, wo ich ein Zimmer habe", schlug Deirdre vor und das machten sie dann auch.

Als sie beim Essen saßen, fragte Katharina plötzlich: „Du, Deirdre, womit hängt das zusammen: Seit du da bist, erlebe ich die Wirklichkeit wie zweigeteilt, halb Traum, halb Alltag?"

„Du beobachtest gut", antwortete die Angesprochene. „Ich nehme an, dass es mit meiner Sondersituation zu tun hat. Ich war, wie mein Bruder, ein scheinbar ganz normaler Mensch, doch letztes Jahr bin ich verunglückt. Seither bin ich ein Sonderfall."

„Was meinst du mit Sonderfall?", fragte Katharina nach.

„Das muss ich euch einmal erzählen, wenn wir besser miteinander bekannt sind; ist so eine Art Krankengeschichte."

„Aha", sagte Katharina und bohrte dann nicht weiter.

Heiner, den ganz andere Dinge beschäftigten, fragte: „Wie lange wirst du am Bodensee bleiben?"

„Das ist noch offen", antwortete Deirdre, „ich bin frei und ungebunden."

„Wollen wir morgen wieder etwas zusammen unternehmen?", fragte Katharina. „Gern", antworteten Deirdre und Aidan gleichzeitig, dann blickten sie sich an und lachten: „Chorsprechen brauchen wir nicht zu lernen, das können wir schon."

Je weiter der Abend voranschritt, desto stärker erlebten Heiner und Katharina, wie der normale Alltag dahinschwand und eine unwirkliche, mysteriöse Wirklichkeit sich ausbreitete. Es war wie eine andere Welt, in die sie immer tiefer eintauchten. Diese Welt war verlockend schön; aber war sie auch wirklich?

DIE HOCHZEIT

Wie Aidan befürchtet hatte, war Heiner vom ersten Augenblick an, seit er Deirdre erblickt hatte, nicht mehr frei in seinen Entscheidungen. Weilte Deirdre fern von ihm, verzehrte er sich nach ihr und bald meinte er, nicht mehr ohne sie leben zu können. Doch wie Deirdre ihm gegenüber empfand, wusste er nicht. Eines Tages, als Deirdre und Katharina zusammen einkaufen gegangen und die jungen Männer unter sich waren, fragte Heiner den Freund nach Deirdres Gefühlen.

„Frag nicht mich", antwortete Aidan, „frage sie selbst oder werbe deutlicher um sie. Hast du sie schon einmal geküsst?"

„Nein", gestand Heiner.

„Dann musst du dringend einmal allein mit ihr ausgehen, einfach Dinge mit ihr zusammen unternehmen", riet Aidan.

„Was denn zum Beispiel?", fragte Heiner.

„Bei uns daheim hat man die Angebetete ins Kino ausgeführt oder ins Konzert oder halt dorthin, wo sie gern hin wollte."

„Hm", machte Heiner.

Als die Frauen zurückkamen, fragte Heiner Deirdre, ob sie für den Nachmittag Lust habe baden zu gehen. Er kenne da einen schönen verschwiegenen Waldsee, wo man gut schwimmen könne und wo nur wenige Leute seien. Aidan und Katharina wollten zu der Zeit das Volkskunde-Museum am Federsee besuchen, wozu Heiner nicht die geringste Lust hatte; schon die Fahrt dorthin würde über eine Stunde dauern. Deirdres Sinn stand anscheinend auch nicht auf

Museumsbesuch, denn sie sagte: „Gern." Und so trennten sich die Paare und fuhren mit zwei Wagen dem jeweiligen Ziel entgegen.

Heiner und Deirdre durchquerten Denkingen, wo sie nach Südosten Richtung Ruschweiler abbogen. In dem kleinen Ort stellten sie den Wagen am Straßenrand ab und wanderten die wenigen Hundert Meter bis zum See hinunter. Obgleich dieser klein war, gründete er doch tief und seine Wasser waren klar und kalt. Deirdre fand die Landschaft und den See wunderschön. Am Ufer zog sie Bluse und Rock aus, die sie über ihren Badesachen trug und warf sich mit einem weiten Sprung in den See. Wie ihr Bruder war auch sie eine Meisterin aller nur erdenklichen Schwimmarten und es schien Heiner so, als bewege sie sich im Wasser fast sicherer als an Land. Heiner selbst schwamm in geraden Bahnen quer über den See, immer hin und her, und kreuzte dabei Deirdres Wege im Wasser nur selten.

Als sie eine Stunde später am Ufer in der Sonne trockneten, sagte Heiner, ihr Bruder habe ihm vor ihrer ersten Begegnung viel über sie erzählt. Er würde ihr so gern helfen, wenn er könnte. Deirdre sagte: „Es ist lieb von dir, dass du das anbietest, doch du weißt nicht, auf was du dich einlässt."

„Dann kläre mich auf", forderte Heiner sie auf.

„Gut", meinte sie, „aber ich werde mit Grundlegendem beginnen müssen, bevor ich dir meine Lage beschreiben kann."

Heiner nickte.

Deirdre fragte: „Weißt du, wie du beschaffen bist, also ich meine, wie Menschen allgemein beschaffen sind?"

„Meinst du nach Körper, Seele und Geist?", fragte er zurück.

„Ja, nur jetzt noch etwas detaillierter", stimmte Deirdre zu.

„Das kann ich nicht", sagte er.

Sie erklärte es ihm: „Du weißt, dass du ein zusammengesetztes Wesen bist, dessen Wesensteile ineinander fließend existieren. Jedes Teil für sich ist rein geistig. Daher versteht heute auch kein Mensch mehr, wie er beschaffen ist."

„Aber unser Leib ist doch nicht geistig, sondern materiell", wandte Heiner ein.

„Ist das so?", fragte Deirdre und verschwand vor seinen Augen. Sie löste sich nicht etwa langsam auf oder wurde nebelig, dunstig oder irgendwie unklar, sondern sie war einfach weg. Heiner sah sich um. Sie war nicht mehr zu sehen. „Und du meinst also, der Leib sei nicht geistig?", fragte sie ihn, als sei nichts geschehen, nur dass sie immer noch nicht zu sehen war.

„Das ist mir neu", gestand er, „nein, jetzt kann ich dir wohl guten Gewissens zustimmen, dass auch der Leib geistig sein muss."

Deirdre saß wieder sichtbar vor ihm, als sei nichts geschehen. „Gut, aber es geht weiter: Dein Leben besteht ebenfalls aus einer Art Leibes-Form, aber natürlich nicht derselben wie dein physischer Körper. Dieser „Lebensleib" ist auch von einer anderen Art Geistigkeit als der materielle und hat ganz andere Aufgaben. Sodann zeigt sich Deine Seele ebenfalls in einer Art Leib-Gestalt. Man nennt das die Aura, und manche Menschen können sie sogar sehen und nach ihrer „Farbe" Gesundheitszustand und Gestimmtheit der Persönlichkeit definieren. Und zuletzt gibt es diesen Wesenskern, den wir ‚Ich' nennen. Der existiert gewissermaßen in dreifacher Ausführung: Da gibt es das Ich, mit dem wir uns so benennen, also etwas wie eine Art ‚Alltags-Ich'; sodann jenes Ich, zu dem wir uns in Zukunft erst hin entwickeln werden, gewissermaßen der Keim unserer Göttlichkeit; und dann jenen Schattenwurf unseres alltäglichen Ich, den man Egoismus nennt. Beim Tode trennen alle die zuvor genannten ‚Leiber' sich wieder und lösen sich auf. Dein Leben gibst du an das Leben der Erde zurück, deine Seele an das Seelische der Welt; nur dein Ich geht unaufgelöst in höhere geistige Welten, wo es die Erfahrungen der Erde anwendet, weiterentwickelt und verwandelt."

„Woher weißt du das alles?", fragte Heiner fassungslos.

„Nun, es gibt da zum Beispiel ein deutsches Märchen", lächelte Deirdre, „das heißt ‚Frau Holle' und kann dich vieles lehren. Doch wie sagt ihr Deutschen so schön, wenn ihr an etwas nicht glaubt und es für Fantasie haltet: ‚Erzähl doch keine Märchen!'"

„Also, ich bin echt sprachlos", sagte Heiner.

Deirdre lächelte und fuhr fort: „Nun zu den Wasserwesen: Da findest du solche, die neben ihrem Natur-‚Leib' nur einen ‚Lebensleib' in sich tragen und alles Seelische, das sie entwickeln können, berührt sie mehr von außen, durchdringt sie mit einem Seelenhauch, der von anderen, man könnte sagen, ‚höheren' Wasserwesen stammt. Das träfe zum Beispiel auf die Undinen und ihresgleichen zu. Die werden zwar von Seelischem umspielt, tragen es aber nicht *in* sich; allerdings können sie Seelisches unter bestimmten Umständen doch in sich hereinnehmen; dann werden sie auch ‚Seelenträger'. Es gibt aber auch bekanntere Wasserwesen, die von sich aus schon Seele haben, denke zum Beispiel an die Sirenen, denen Odysseus auf seinen Irrfahrten begegnet. Solche Wesen, die Seele tragen, werden in der Mythologie oft in Fisch-Vogel-Gestalt dargestellt. Der Fisch steht für das Wasser, Sinnbild des Lebens; der Vogel für die Luft, Sinnbild des Seelischen.

Nun, meine Mutter ist eine Seele tragende Nymphe und Aidan und ich haben beide die Anlagen unserer Eltern abbekommen, die menschliche vom Vater und die der Nymphen von der Mutter. Daher konnte ich nach meinem Unfall, als mein Freund Finn und ich an der Küste mit dem Wagen in die Tiefe stürzten, kraft meiner Lebensorganisation Seele und Geist in einer nachgebildeten ätherischen Leibesgestalt zusammenhalten. Sicher, wäre ich damals einfach mitgestorben, so wäre jetzt alles weniger kompliziert; doch da kam noch ein mächtiges Meerwesen mit ins Spiel, ein Okeanidensprössling, dem ich schon vor meiner Geburt versprochen worden war. Wäre ich gestorben, hätte er sich meines Lebens, meiner Seele und damit auch Bereichen meines Ichs bemächtigen können. Ich darf also erst sterben, wenn der Elementarwesen-Anteil meines Daseins restlos in Menschliches umgewandelt ist, was normalerweise einen Großteil des Menschenlebens dauert. Daran hat mich aber des Prinzen Eingreifen gehindert. Um mich zu zwingen, die Seine zu werden, hat er mich zusätzlich mit einem Bann belegt: Ich sollte mich innerhalb von 391 Tagen nach meinem Unfall verheiraten und mindestens ein Jahr lange verheiratet bleiben, erst dann, und nur dann, wäre ich frei."

Heiner hatte atemlos zugehört; nun fragte er: „Was ist das für eine Zahl, diese 391?"

„Das ist ein Jahr, ein Monat, eine Woche und ein Tag", antwortete Deirdre, „wobei es sich um ein Mondjahr mit 354 Tagen handelt."

„Und wo liegt die Gefahr für mich, von der du andeutungsweise sprachst?", fragte Heiner weiter.

„Die innere Gefahr liegt in unserer Unterschiedlichkeit, die eine schlechte Voraussetzung für eine Ehe darstellt. Die äußere Gefahr geht von dem Okeaniden-Prinzen aus. Keiner weiß, wie er reagiert, wenn ich ihm entrissen werde."

„Lassen wir es doch darauf ankommen", meinte Heiner mit einem schiefen Lächeln.

„Moment", bremste Deirdre seinen Eifer ab, „im Fall eines positiven Entscheids bist du permanent einer unnormalen Ehefrau ausgesetzt, die du nicht verstehst und die sich von anderen Frauen allein durch Nachteile unterscheidet. Ferner schwebst du nach der Hochzeit 354 Tage lang in höchster Lebensgefahr durch den Prinzen, der mich bedrängt. Dein Leben wäre also alles andere als beneidenswert."

„Ich würde gern für dich sterben", sagte Heiner aufrichtig.

Deirdre beugte sich zu ihm herüber und küsste ihn auf den Mund. Heiner legte die Arme um sie und küsste sie nun ebenfalls. So blieben sie lange aneinandergedrückt sitzen. Dann machte sich Deirdre von ihm los, erhob sich und streckte die Arme nach ihm aus. „Komm", sagte sie.

Sie gingen zum Wagen und Deirdre lotste Heiner zu dem Waldgasthof, wo sie ein Zimmer hatte, seitdem sie am Bodensee zu Besuch war. Sie nahm Heiner an der Hand, führte ihn ins Haus und zu ihrem Zimmer im 1. Stock. Dort warf sie ihre Kleider ab und umarmte Heiner, der sie immer hitziger küsste. Schließlich fielen sie zusammen aufs Bett und liebten sich mit der Inbrunst von Verdurstenden. Eng aneinander gekuschelt schliefen sie dann kurze Zeit, um beim Erwachen abermals hungrig übereinander herzufallen. Heiner konnte sein Glück gar nicht fassen. Als sie sich das dritte Mal liebten, geschah es behutsamer und dauerte auch länger. Bis zum Abend gab es dann noch ein viertes und fünftes Mal, danach gingen sie zusammen duschen und zogen sich wieder an.

Als sie spät am Abend in Nussdorf zu Aidan und Katharina in die Stube traten, sagte Deirdre: „Wir haben geheiratet."

Katharina blieb bei diesen Worten fast das Herz stehen.

DER FADEN REISST

„Und was geschieht jetzt?", fragte Heiner seinen Schwager.

Aidan grinste und meinte: „Jetzt müssen alle Beteiligten 354 Tage durchhalten, dann könnt ihr wieder auseinander gehen."

„Arsch", sagte Heiner.

Aidan wurde wieder ernst. „Im Ernst, ich weiß es nicht. Und soviel ich weiß, weiß es Deirdre auch nicht."

„Hm", brummte Heiner.

Aidan fragte: „Ahnst du, warum wir nach Süddeutschland gezogen sind?"

„Nein."

„Damit wir möglichst viel Abstand vom Meer haben. Die Okeaniden herrschen zwar in Salz- und Süßwasser, doch ihre Stammsitze liegen eher in den Ozeanen. Je weiter wir uns also ins Landesinnere verkriechen, desto geringer dürften die Einflussmöglichkeiten des Okeaniden-Prinzen sein – vermuten wir wenigstens; ganz sicher sind wir uns natürlich nicht." Aidan strich sich die Locken aus dem Gesicht. „Unsere Mutter hat uns auch dazu geraten."

„Wie bitte?", hakte Heiner nach. „Ich dachte, eure Mutter sei in die See gegangen."

„Da hast du ausnahmsweise einmal aufgepasst", grinste Aidan ihn an. „In die See heißt aber zum einen soviel wie ins Meer, was absolut nicht tödlich ist, ganz im Gegenteil, denn da kommt sie ja her; zum andern heißt es, in die Anderswelt gehen, also ins Land des Lebens, was dann ebenfalls nicht tödlich ist, ganz im Gegenteil. Mutter kann also mühelos zwischen den Welten umherwandern; neben ihren Verwandten im Meer besucht sie auch mich gelegentlich in der Alltagswelt und Deirdre in der Zwischenwelt."

„Kann sie mich auch einmal besuchen kommen?". fragte Heiner. „Ich möchte euch alle noch besser kennenlernen."

„Klar", antwortete Aidan, „sobald du mit uns verwandt bist."

„Wie soll das gehen?", fragte Heiner skeptisch.

„Wenn Deirdre ein Kind von dir bekommt. Dann bist du über das Kind mit uns verwandt."

Heiner sagte: „Seit ich euch kenne, vergeht kein Tag, an dem ich nicht Überraschungen erlebe und alte Ansichten über Bord werfen muss. Was ist nur aus dem überzeugten Materialisten geworden, der ich einmal war?"

„Heinerich, du dauerst mich", sagte Aidan spöttisch. Dann vertieften die beiden sich wieder in ihre Bücher.

Gegen Mittag klingelte es an der Haustür.

„Nanu", sagte Aidan, „die haben doch einen Schlüssel."

Er stand auf und ging hinaus. Draußen stand mit einem riesigen Rucksack auf dem Rücken und zwei Tragtaschen in den Händen seine irische Freundin Alayna aus Sligo. Sie ließ die Taschen einfach los, warf sich Aidan an die Brust, schlang ihre Arme um seinen Hals und küsste ihn heftig.

Aidan, der nicht mit ihr gerechnet hatte, sagte gar nichts, sondern küsste sie ebenfalls.

„Ich bin endlich mit der Schule fertig", stieß sie nach einer Weile atemlos hervor.

Von drinnen rief Heiner: „Kommt doch rein!"

„Wer ist das?", fragte Alayna.

„Mein Freund und Schwager", antwortete Aidan, merkte aber im selben Augenblick, dass seine letzten Worte missverstanden werden konnten.

„Schwager?", fragte Alayna da auch schon. „Wie viele geheime Schwestern hast du denn?"

„Nur Deirdre. Aber darüber muss ich zuerst mit dir sprechen. Es gibt da ein Geheimnis, von dessen Verschweigen für uns alle sehr viel abhängt."

Hast du mir zu Hause etwas verschwiegen?", fragte Alayna.

„Ja, aber das musste ich; es geschah nicht aus mangelndem Vertrauen zu dir."

Sie traten ins Haus und gingen ins Studierzimmer. Heiner erhob sich und betrachtete verwundert die hübsche Fremde. Aidan stellte sie einander vor: „Dies ist Alayna, eine Freundin aus Sligo. Und das hier ist Heiner, ein Freund und Studienkollege."

„Hallo", sagte Alayna. Dann wandte sie sich wieder Aidan zu. „Da du keine zweite Schwester hast, wird wohl dein Freund mindestens eine Schwester haben, stimmt's?", fragte sie.

„Ja, hat er", antwortete Aidan, „sie heißt Katharina."

„Hast du vor, sie zu heiraten", fragte Alayna.

„Du meinst, weil ich vorhin sagte, Heiner sei auch mein Schwager?", fragte Aidan zurück.

In diesem Augenblick rappelte es an der Haustür, was Aidan weiterer Erklärungen enthob, und kurz darauf traten Deirdre und Katharina ins Zimmer. Katharina betrachtete erstaunt die Fremde, während Deirdre die Arme ausbreitete und Alayna an sich riss.

„Deirdre, Deirdre, du lebst? Du bist hier?", stieß Alayna hervor und hielt die Freundin dann auf Armeslänge von sich, um sie genau betrachten zu können. „Sagt, was geht hier vor?" fragte sie, „ich war

Zeuge, wie euer Wagen zerschmettert im Abgrund lag und ich war bei den Trauerfeiern dabei, die für dich und Finn abgehalten wurden. Was ist damals wirklich passiert?"

Deirdre hatte den Arm um Alayna gelegt und sagte: „Liebes, das erzähle ich dir jetzt ganz genau. Lass uns nach nebenan gehen, denn die Anwesenden haben die Geschichte schon gehört." Sie warf Katharina einen fragenden Blick zu und als diese nickte, zog sie Alayna mit sich ins Nebenzimmer.

„Wer ist das?", fragte Katharina an Aidan gewandt, als die beiden Frauen fort waren.

„Eine Freundin aus Sligo, wo ich herkomme", antwortete Aidan.

„Eine gute Freundin?", wollte Katharina wissen.

„Ja", antwortete Aidan.

„Wie gut?", bohrte Katharina.

„Katharina!", versuchte Heiner zu intervenieren, aber Katharina ließ sich nicht abwimmeln.

„Ich will das genau wissen", sagte sie zu Aidan. „schließlich habe ich mir schon Hoffnungen auf dich gemacht."

„Hallo, Liebe", sagte Aidan, „man kann durchaus viele Freunde und Freundinnen haben, ohne dass deswegen die Sympathien zu einzelnen von ihnen leiden müssen."

„Das meine ich nicht", entgegnete Katharina, „ich will nur wissen, welchen Stellenwert ich im Reigen deiner Freundinnen einnehme – und welchen die Fremde."

„Liebe, ich habe solche Wertungen noch nie vorgenommen."

„Dann ist es dir gar nicht ernst mit mir?", fragte Katharina weiter.

„Natürlich nehme ich dich ernst", beteuerte Aidan.

„Ach Gott, Aidan, du verstehst mich nicht", stieß Katharina zornig hervor, dann wandte sie sich um und verließ den Raum.

„Was hat sie denn?", fragte Aidan verwundert.

„Na, das ist doch sonnenklar", antwortete Heiner, „sie will wissen, ob du vorhast, sie zu heiraten. Da kommt ihr jede deiner Freundinnen wie eine Nebenbuhlerin vor."

„Ach, so ist das!", bemerkte Aidan.

„Und, hast du?", fragte Heiner, den die Frage seiner Schwester jetzt auch beschäftigte.

„Du, ich habe darüber noch gar nicht nachgedacht. Was würde denn eine Heirat für Katharina zusätzlich zu dem erbringen, was sie jetzt schon hat? Ich bin doch momentan immer ganz allein mit ihr zusammen und auch allein für sie da"

„Das ist es ja gerade! Katharina will sicher mehr. Sie möchte vermutlich auch mal mit dir schlafen; das traut sie sich aber nicht, wenn sie weiß, dass sie nur eine von mehreren in deinem Harem ist", erklärte ihm Heiner.

„Aber was hat sie denn davon?", fragte Aidan verzweifelt. „Gesetzt, sie will mit mir schlafen, was ich auch sehr schön fände, warum muss sie mich dann heiraten? Wenn sie mal irgendwann jemand anderen kennenlernt, mit dem sie gern schlafen möchte, dann hat sie einen Ehemann am Hals, der darüber ganz sicher nicht erfreut wäre."

„Sie geht halt davon aus, dass sie nur dich bis zum Lebensende lieben wird."

„Aber das kann sie doch gar nicht voraus wissen!", rief Aidan.

„Braucht sie ja auch nicht", konterte Heiner und grinste. „Das ist ja das Schöne daran, dass sie jetzt im Moment das Gefühl hat, mit dir zusammen hundert Jahre lang alt werden zu wollen. Dass sie dich aber in zehn Jahren nur noch scheiße findet und am liebsten mit dem Postboten durchbrennen würde, ist momentan noch nicht auf ihrem Bildschirm."

„Danke auch für die tolle Erklärung", meinte Aidan säuerlich, „und die ach so optimistische Prognose, dass sie mich schon in zehn Jahren über hat; das ist ja sehr ermutigend für mich. Aber spräche so etwas nicht auch gegen eine Heirat?"

„Momentan nicht", meinte Heiner, „erst in zehn Jahren, wie ich schon sagte."

Aidan war nicht überzeugt. Er versuchte seine Bedenken zu formulieren: „Schau, Heiner, das mit dem Heiraten ist eine Sackgasse: Beide Partner meinen, sie dürften dann keine Freunde oder Freundinnen mehr haben, dürften nicht mehr allein mit einem Freund oder einer Freundin ausgehen, dürften nicht mehr mit diesen schlafen und so fort. Der langen Rede kurzer Sinn: Heiraten bedeutet doch nur Einschränkung, Verarmung, Verzicht auf Freundschaften."

„Und was ist mit Deirdre?", fragte Heiner spöttisch.

„Ja, Moment mal", erwiderte Aidan, „Deirdre kann ja nicht anders. Sie muss heiraten, sonst droht ihr großes Unheil."

„Heißt das", fragte Heiner, „dass sie, wäre sie nicht in diese Zwangslage gekommen, mich niemals geheiratet hätte?"

„Ja, das heißt das", antwortete Aidan.

„Ach so, ich bin also nur so eine Art Notlösung", sagte Heiner angespannt, „gewissermaßen ein kleineres von zwei Übeln. Sieht das Deirdre auch so?"

„Frag sie doch", antwortete Aidan und verließ genervt den Raum.

Heiner blieb bekümmert zurück und sein vorheriges Hochgefühl lag in Trümmern.

IM REICH DES OKEANIDEN-PRINZEN

Die *Nereïden* sind die hundert Töchter und Kindeskinder des *Nereus* und der Okeanide *Doris,* deren Paläste man am Grunde der verschiedenen Meere unten findet. Bei den Menschen kennt man sie auch unter den Namen *Nymphen, Undinen, Nixen oder Meerjungfrauen,* je nachdem in welchem Land man über sie spricht und welche Wesen man speziell meint; denn die Nymphen sind nicht beschränkt auf das Wasser und zudem höher entwickelt als die Undinen, Nixen oder Meerfrauen. In der Ägäis kann man die Nereïden an geeigneten Tagen auch auf Delphinen oder *Hippokampen* über die Wellen reiten sehen, wobei ein Hippokamp ein harmloses Mischwesen der Meere ist, vorne wie ein Pferd, hinten wie ein Fisch geformt, einige sind sogar geflügelt.

Die halbgöttlichen Nereïden regieren das Riesenreich der Weltmeere, doch sind sie nicht die einzigen Herrscher über Rheas salzige Fluten, sondern teilen sich diese Herrschaft mit den ebenfalls halbgöttlichen *Okeaniden,* den Töchtern und Kindeskindern von *Tethys* und *Okeanos,* deren Wirkungsbereich sich nicht allein auf die Weltmeere erstreckt, sondern ebenso die stehenden und fließenden Gewässer des Landes umfasst, Gaias süße Fluten, in welchen die Nymphen der Süßwasser, die Najaden leben.

Doch nicht nur Nereïden und Okeaniden regieren über Rheas und Gaias lebendige Wasser, sondern sie teilen sich diese Herrschaft wiederum mit *Ägir, Ran* und ihren *neun Töchtern* und Kindeskindern. Die mächtige Rana beherrscht alles Leben in den Meeren des Nordens, und da der Tod ihr Kunstgriff ist, neues Leben zu schaffen, regiert sie auch über den Tod. Ihre neun Töchter sind sowohl vom Wesen her, als auch gestaltlich sehr verschieden, so dass man sie kaum für Schwestern halten würde. Unter ihnen gibt es zauberhaft schöne liebreizende Gestalten, aber auch zauberhaft schöne finstere, bedrohliche Wesen, denen man lieber nicht begegnet! Die Schönste von ihnen ist wohl Himinglæva, die Himmelsklare. Deren acht Schwestern sind Dufa, die Hohe; Hefring, die Steigende; Unnr, die Schäumende; Kolga, die Kühlende; Hrönn, die Fließende und Bylgja, die Woge. Zu zweien ihrer Schwestern hat sie ein etwas angespanntes Verhältnis, nämlich zu der zauberhaft schönen Blodughadda, der Bluthaarigen, und zu Bora, der Zerstörerin.

Himmingläva war jene Tochter Ranas, die sich in Tom, einen Jungen aus der Menschenwelt verliebte hatte, als sie mit ihren Freundinnen in der Nähe der Küste spielte. Zuerst war es nur ihre Neugier auf den Menschen am Strand, die sie in Gestalt eines Seehunds in die Nähe des Ufers lockte; doch daraus wurde in Laufe der Zeit mehr. Zuletzt merkte sie, dass sie ohne den Jungen nicht mehr glücklich sein konnte. Darum verwandelte sie sich eines Tages wieder in einen Seehund, schwamm zum Land und stieg als zauberhaft schöne Jungfrau aus den Wassern der Bucht. Sie trat vor den Jüngling hin und küsste ihn auf den Mund; da war es um ihn geschehen, denn er begehrte sie heftig zum Weibe. Sie folgte ihm als „Menschenfrau" in sein Haus und lebte in der Menschenwelt etliche Jahre an seiner Seite. Dort nannte sie sich Finnabair.

Die Lebensräume der Okeaniden sind in allen Weltmeeren zu finden. Oquerans Mutter Tethys hatte auch am Grunde des Ägäischen Meeres einen riesigen Palast, der ganz aus Muschelschalen und Schneckenhäusern erbaut war. Dort lebte sie inmitten von rosa schimmerndem Perlmutt und blau und lila leuchtenden Algen. Da sie eine bewegliche und umtriebige Herrscherin war, konnte man sie jedoch nur selten im Schlosse antreffen, immerhin hatte sie fünf Weltmeere und etliche Mittelmeere zu versorgen, und ob sie nun gerade in Atlantik, Pazifik, Indik, Arktik, Antarktik oder einem der

Nebenmeere weilte, wusste nicht einmal ihr Gemahl Okeanos, der sonst alles über die Meere wusste.

Oqueran war nach seiner Geburt vor einigen tausend Jahren überwiegend im Mittelmeer groß geworden. Da er von Anfang an zu den Lieblingen seiner Mutter gehört hatte, wurde seine Erziehung etwas vernachlässigt und man drückte gegenüber seinem flegelhaften Verhalten öfters ein Auge zu, und hin und wieder sogar deren zwei. Er bekam von Mama Tethys nahezu alles, was das Herz begehrte, und was er nicht bekam, nahm er sich heimlich. Das galt für Land, Menschen, Schiffe, Nymphen, Sirenen und andere verlockende Wasserwesen. Doch irgendwann hatte Oqueran die relativ leicht zu erlangenden Genüsse satt und strebte nach Höherem: Da waren zum Beispiel die holden Töchter der Ran, die ihm stets verwehrt geblieben waren, doch genau diese begehrte er am allerheftigsten. Er hasste die mächtige Ran, die er nicht einfach zur Herausgabe einer ihrer Töchter zwingen konnte, und fing daher an, an allen Küsten und auf den Meeren Unheil zu stiften, was von den Menschen stets Ran angelastet wurde, weil Oqueran in der Menschenwelt unbekannt war. Warf er sich fern der Küste gegen ein Schiff, bis er es in Stücke geschlagen hatte, oder riss er eines mit einem berghohen Schwall Salzwasser in die Tiefe, immer hieß es hinterher: „Ran hat zerstört, Ran hat ihr Netz durch die Fluten gezogen, Ran hat wieder Menschen gefischt." Unterhöhlte er die Küsten, sodass Menschen zu Schaden kamen, stets wurde es der dunklen Ran zugeschrieben, während Oqueran nach wie vor unbekannt blieb.

Als es Ran damit zu viel wurde, bestimmte sie schließlich, dass ihre älteste Tochter Himinglæva Prinz Oqueran ehelichen sollte. Vielleicht hoffte sie, dass der Bengel dann endlich einmal richtig erzogen würde; doch das Schicksal spielte nicht mit: Bevor Rana mit ihrer Tochter sprechen konnte, hatte diese das heimatliche Meer schon verlassen, war als Ehefrau dem Menschen-Jungen Tom in sein Haus nahe der Küste bei Sligo gefolgt und dachte gar nicht daran, ihr neues Leben für die diplomatischen Bemühungen ihrer Mutter aufzugeben. Doch versprochen ist versprochen, und Oqueran bedrängte Himmingläva, die sich jetzt Finnabair nannte, immer stärker, die Seine zu werden, was diese natürlich heftig abwies.

Zuletzt schlug Ran vor, dass statt Himinglæva auch deren erstgeborene Tochter Oquerans Gemahlin werden könne, und da sagte Himinglæva erleichtert zu, weil sie damit endlich Ruhe vor dem Prinzen hatte und weil sie ja auch noch nicht wusste, wie sich das mit Kindern anfühlt. Da Oqueran sich in der Folge mit Zerstörungen auf See und an den Küsten zurückhielt, war Ran mit dieser Lösung ebenfalls zufrieden.

Dann aber kamen Aidan und Deirdre zur Welt und Finnabair hatte durch die Liebe ihres Mannes und die Geburt ihrer Kinder schon so viel Seele in sich aufgenommen, dass sie den Kindern gegenüber wie eine echte Menschenmutter empfand. Jetzt bereute sie zutiefst, ihre Tochter dem Okeanidenbengel versprochen zu haben. Deirdre dagegen war ja bereits als Mensch zur Welt gekommen, sie duldete also nicht, dass über ihren Kopf hinweg über Dinge bestimmt wurde, die sie persönlich angingen. Als sie mit 18 Jahren von dem Handel erfuhr, war sie schon mit einem Menschen-Jungen zusammen, den sie liebte; daher wandte sie sich gegen Oqueran und wehrte sein Werben heftig ab. Das machte wiederum den Prinzen fuchsteufelswild: Zuerst Rans Tochter, diese schleckige Fischzicke, und jetzt auch noch diese giftige Ran-Enkelin – was für eine üble, verdorbene Sippe, diese Ran-Töchter! Aber eben meeresungeheuerlich hübsch!

Einige Zeit brütete der Prinz über Racheplänen, dann zog er vorsichtshalber den Ratgeber seiner Mutter zu Rate. Der empfahl ihm einen starken Bannfluch: *„Wenn Deirdre nicht zustimmt, muss sie folgendes erdulden …“*, wobei zugleich auch Deirdres störender Liebhaber einer gerechten Strafe zugeführt werden sollte. So kam es, dass Oqueran einen Bann spann und hernach über Deirdre aussprach; doch diese dachte noch immer nicht daran, sich nach den Launen des Wasserjünglings zu richten. Kurz vor ihrer Verlobung mit dem Menschen-Jungen Finn beschloss Oqueran dann, eine harte aber gerechte Strafe als Antwort auf ihre Impertinenz folgen zu lassen. Er wusste, dass Deirdre durch ihren mütterlichen Erbteil unsterblich war. Daher ließ er ihren Wagen an der heimischen Küste in einen Abgrund stürzen. Und über Deirdre warf er seinen Bann aus: Würde sie nach dem Unfall nicht innerhalb eines Jahres, eines Monats, einer Woche und eines Tages wieder heiraten und wenigstens ein Jahr lang verheiratet bleiben, so müsste sie gezwungenermaßen Oquerans Weib werden und wenn sie noch so zappelte.

Das alles hatte sich noch in Irland abgespielt. Der Bann war eigentlich richtig gut gewesen. Das Attentat hatte die Liebenden zerschmettert und damit den verwünschten Liebhaber Deirdres aus dem Spiel genommen. Aber dieses dumme Fischweib musste sich ja weiterhin gegen ihn wehren! Zog einfach von der Zwischenwelt nach Süddeutschland. Und nun war da schon wieder so ein Mann am Horizont aufgetaucht, so ein Menschen-Heiner, und das auch noch weit weg von Oquerans Einflussbereich, am fernen Bodensee! Oqueran wusste durch befreundete Nymphen aus Boden-, Ruschweiler- und Illmensee, dass Deirdre sich ungeachtet seiner Warnung wieder einen menschlichen Liebhaber genommen und die beiden die Ehe bereits vollzogen hatten – und das noch lange vor Ablauf der von Oqueran gesetzten Frist! Als der Prinz das erfahren hatte, war er so wütend gewesen, dass er zuerst einmal drei Runden durch Atlantik, Pazifik und Indik schwimmen musste. Dann war er allerdings ziemlich erschöpft, zog sich ins Mittelmeer zurück und brütete in der Ägäis über neuen Racheplänen. Als er den Ratgeber seiner Mutter befragte, sagte ihm dieser jedoch klipp und klar, jetzt müsse er sich die Ran-Enkelin endgültig aus dem Kopf schlagen; die Sache sei ganz klar verloren.

Oqueran war darüber so wütend, dass er noch einmal drei Runden durch Atlantischen, Pazifischen und Indischen Ozean schwamm, was übrigens der Grund dafür ist, dass diese Meere sich in den letzten Jahren so stark erwärmt haben.

Nachdem der Prinz längere Zeit allein über Racheplänen gebrütet hatte, sagte er endlich: „Nachgeben kommt nicht in Frage. Überlegen wir also noch einmal scharf, wie die Ereignisse nach dem Bann sich entwickelt haben und ob es da noch etwas gibt, das die Sache wieder in Fluss bringt.

‣ Erster Bann-Punkt: Wenn Deirdre nicht nach 391 Tagen verheiratet ist, muss sie die Meine werden. Das ist bereits schief gelaufen, also versaut; sie hat die Ehe schon vollzogen.

‣ Nächster Bann-Punkt: Wenn sie nach der Heirat nicht wenigstens 354 Tage lang verheiratet bleibt, muss sie innerhalb der Bann-Frist von 391 Tagen wieder neu heiraten, sonst wird sie mein. So weit ist leider alles klar. Hmm.

‣ Was aber wäre, wenn ihr jetziger Freund aus Versehen sterben würde und sie dann nicht so schnell wieder einen neuen fände? Klar doch: dann müsste sie ebenfalls die Meine werden.

‣ Also muss der Kerl sterben, so einfach ist das. Aber das darf ich ja eigentlich nicht machen, denn das hieße ja, sich gegen die Götter aufzulehnen.

‣ Wenn ich's nun aber einen anderen machen ließe, das müsste doch dann gehen, oder?

Boah, der Plan ist genial! Ich sorge dafür, dass dieser freche Menschen-Heiner qualvoll umkommt. Sodann, dass Deirdre nicht mehr so leicht aus der Zwischenwelt in die Menschenwelt gelangt. Genau! Das ist einfach wieder genial, genial, genial!"

Nun musste der Prinz nur noch eine ihm treu Ergebene finden, welche die Tat für ihn zu vollbringen bereit war. Da Okeaniden ein ausgezeichnetes Gedächtnis haben, fiel Oqeran auch bald ein Wesen ein, das als gedungene Mörderin hervorragend taugen würde. Das war eine Harpyie, eine Tochter des Meerestitanen Thaumas, und der Meeresnymphe Elektra. Da die Harpyien seit Alters die Seelen

Verstorbener in die Unterwelt brachten und Menschen töteten, die gegen Zeus gefrevelt hatten, schien Oqueran die Wahl eines solchen Wesens sehr passend. Die Harpyie, an die er dachte, hieß Armorika und war wunderschön. Schwarzes langes Haar umwallte ihre Schultern. Statt der Arme trug sie zwar große Flügel und statt der Füße lief sie auf Raubvogelklauen, doch sie hatte ein liebliches Gesicht und einen wunderschönen Körper. Wenn sie sich in der Vergangenheit gelegentlich einen Menschen ausgesucht und diesen zum Beischlaf gezwungen hatte, so hatte sie den Glücklichen hinterher einfach aufgefressen. Das wäre doch ein herrlicher Tod für diesen dreisten Menschen-Heiner, der ihm die versprochene Braut streitig machen wollte! Armorika müsste einfach nur Deirdres Gestalt annehmen und diesen Heiner dann im Dunkeln des Schlafzimmers erwarten. Oqueran wurde bei diesem Gedanken so heiß, dass das Wasser um ihn herum zu brodeln begann und er zum Abkühlen einen kurzen Ausflug ins Arktische Meer unternahm. Von dort schwamm er gemächlich in die Ägäis zurück. Irgendwo in den Weiten des Mittelmeers musste diese Armorika zu finden sein.

Da er kein Freund langer Bemühungen war, schickte er einige Rudel Mönchsrobben, zehn Delphin-Schulen und zwanzig Wale aus, um Armorikas Aufenthalt ausfindig zu machen. Nach einer Woche bekam er von einem seiner Delphine die Nachricht, Armorika weile südlich von Malta, komme jedoch sehr bald zu ihm in die Ägäis; im Augenblick müsse sie sich leider noch um einen dänischen Touristen kümmern, der auf der Insel Ferien mache.

Es verging noch einmal eine Woche, bis Armorika in Oquerans Gewässer geflogen kam. Oqueran hörte zuerst nur ein fernes Sausen, das sich schnell zum Brausen steigerte, dann schoss die Harpyie aus großer Höhe im Sturzflug zum Wasser herab und tauchte mit Wucht in die Salzfluten ein. Ihr Haar war noch blutig von ihrer letzten Speise.

„Was wünscht Ihr, Prinz?", fragte sie mit wohltönender Stimme.

„Sei gegrüßt, Holde! Ich habe einen kleinen Auftrag, den ich gern dir gegeben hätte."

„Was erhalte ich dafür, Prinz?"

„Was begehrst du?"

„Ich will Euren Samen, Prinz. Ich sehne mich nach einer Tochter, und der Mensch konnte mir wieder keine Tochter schenken."

„So sei es", stimmte Oqueran zu.

Dann bat er die Harpyie zu sich in seinen Palast, ließ ihr Speise und Trank vorsetzen und wartete, bis sie fertig war und sich zurück-lehnte.

„Ich will die mir versprochene Braut bestrafen, diese Deirdre, Him-minglävas Tochter. Sie hat sich abermals einen menschlichen Lieb-haber genommen, den sie zu heiraten gedenkt; deshalb muss er ster-ben und sie soll leiden."

„Wie stelle ich es an?"

„Meine böse Braut wohnt in einem abgelegenen Landgasthof. Wenn du Deirdres Aussehen annimmst und dort im Bett auf den Men-schenmann wartest, kriecht er von selbst in deine Arme. Du kannst ihn eine Nacht lang genießen, und dann am Morgen zeigst du dich ihm in deiner eigenen Gestalt und verschlingst ihn. Ich werde diese Nacht dafür sorgen, dass Deirdre ihrem Zimmer fern bleibt. Am Morgen findet sie dann den Liebhaber blutig verstümmelt in ihrem Bett, so dass sie von den Menschen als Mörderin gejagt wird und zu ihrer eigenen Sicherheit in die Zwischenwelt abtauchen muss."

Sodann machten sie die Zeit und näheren Umstände des Anschlags aus und schieden fröhlich voneinander.

Oqueran war sehr mit sich zufrieden. Er sagte immer wieder: „Ge-nial, genial, genial!", und meinte damit sich selbst und seinen her-vorragenden Plan.

DAS ZERWÜRFNIS

Im Schlafzimmer ihres Bruders erklärte Deirdre ihrer Freundin Alayna in aller Ruhe, was für ein Geheimnis sich hinter der Fassade von Finnabairs und Toms Familie in Sligo verborgen hatte und warum sie nie darüber hatten sprechen dürfen. Alayna schüttelte ein ums andere Mal den Kopf und murmelte: „Ich fasse es nicht. Ich fasse es nicht."

„Du glaubtest, unsere Landessagen und Märchen seien eben bloß ‚Märchen', so ist es doch?", fragte Deirdre.

„Kannst du deine Geschichte eigentlich beweisen?", fragte Alayna zurück, ohne auf Deirdres Frage einzugehen.

„Natürlich kann ich das. Jetzt wirst du auch verstehen, warum unser Familiengeheimnis nicht zu unser aller Freude und Wohlgefallen bestand, sondern uns viel Leid und Schmerzen bereitet hat. Wie gern wären Aidan und ich ganz normale Kinder gewesen, so wie ihr, unsere Freunde und Freundinnen!"

„Beweise es mir!"

Deirdre tat nichts weiter, als dass sie ihr Gespräch mit Alayna ruhig fortsetzte, nur dass sie für die Freundin plötzlich unsichtbar war.

Alayna fuhr heftig zusammen und blickte sich nach Deirdre um, konnte sie jedoch nirgendwo entdecken.

„Siehst du", sagte Deirdre, „so ist das mit den Fundamenten unseres Meinens und Glaubens. Unsere heutigen Vorstellungen decken nur einen kleinen Teil der Wirklichkeit ab, den größeren Teil, den wir in unseren Sagen und Märchen beschrieben finden, halten wir für ‚erfunden'."

Dann saß sie wieder sichtbar neben Alayna auf dem Bett und blickte Alayna ernst an.

Eine Weile schwiegen sie. Später, als Alayna sich von ihrem Schrecken erholt hatte, tauschten sie Neuigkeiten aus der irischen und der deutschen Heimat aus. Dann fragte Alayna sehr direkt nach Katharina und welche Stelle sie in Aidans Leben einnehme.

Deirdre beschwichtigte Alaynas Sorgen: „Katharina hätte den Studienkollegen und Freund ihres Bruders ohnehin irgendwann kennengelernt. Da dies aber zeitlich mit Heiners und meinem Kennenlernen zusammenfiel, ergab es sich, dass wir Ausflüge und all das lieber als zwei Paare unternommen haben, als dass Heiner und ich zusammen ausgeflogen wären und wir Aidan bei sich und Katharina bei Heiner zu Hause allein gelassen hätten. Dadurch wurden sie natürlich schneller miteinander vertraut, als es sonst wohl in der Natur der beiden Persönlichkeiten gelegen wäre. Aidan mag Katharina als Freundin, glaube ich, Katharina hat sich jedoch hoffnungslos in meinen Bruder verliebt und würde ihn von der Stelle weg heiraten. Sie ist eine unglaublich liebe und herzliche Frau."

Alayna, die sich keineswegs sicher war, ob sie selbst Aidan je zum Ehemann bekommen würde, milderte auf Deirdres Worte hin ihre Hassgefühle auf die Nebenbuhlerin und empfand vorübergehend fast so etwas wie kollegiales Mitleid.

„Ist gut zu wissen", murmelte sie.

Dann nahm sie Deirdre noch einmal in den Arm und hielt sie eine ganze Weile fest umschlungen. „Ich bin froh, dass du so bist, wie du bist", sagte sie, „schließlich hat jeder damals schon sehen können, dass ihr etwas Besonderes seid, allein daran, wie ihr ausseht, du, deine Mom und auch dein Bruder."

*

Als Aidan das Zimmer verlassen hatte, war er aus dem Haus gegangen und hatte seine Schritte zum See gelenkt. Dort setzte er sich ans Ufer und blickte über das Wasser hin. Der Misston, den sein Gespräch mit Heiner bekommen hatte, tat ihm leid. Doch was hätte er dem Freund antworten sollen? Natürlich war Heiner für Deirdre eine Art Notlösung, doch das hieß ja nicht, dass Deirdre ihn nicht lieben konnte; das lag schließlich auch in Heiners Händen.

Allmählich beruhigte er seine aufgewühlten Gefühle, nahm die Stille um sich herum wahr und träumte sich in die Weite des Wassers hinaus. Wie lange er da gesessen war, wusste er nicht; aber mit einem Mal entstand vor ihm eine Bewegung im See und ein großer Fisch näherte sich dem Ufer, verwandelte sich im seichten Gewässer in ein menschliches Wesen und richtete sich auf. Und da stand seine Mutter in ihrer strahlenden Schönheit vor ihm. Sie nahm ihn fest in den Arm und auch er legte seine Arme um sie.

„Du warst lange fort", sagte er.

„Ja, und mein Weg hierher war für eine Ran-Tochter abenteuerlich; schließlich bin ich keine Quellnymphe, und das Süßwasser ist Geschmackssache."

Aidan lachte. „Du beherrschst die menschliche Sprache noch immer hervorragend", sagte er.

„Sprache war nie mein Problem", antwortete Finnabair. „Doch ich komme zu dir, weil ich schlechte Nachrichten bringe. Ich muss dich warnen. Heiner schwebt in Lebensgefahr."

„Geht es wieder um Oqueran?", fragte Aidan.

„Ja, allerdings. Er hat seine nächsten Schritte gegen Deirdre geplant und Heiner soll dabei nicht ungeschoren davonkommen."

„Wie hast du es erfahren?"

„Einige Delphine haben geplaudert und mir das Mittelstück eines Fadens in die Hand gelegt, den ich nur noch nach beiden Seiten hin bis zu seinem Ende verfolgen musste; da hatte ich dann das ganze Komplott vor Augen. Ich beschreibe dir jetzt den geplanten Anschlag, die Gegenmaßnahmen aber musst du selbst auswählen.

Eigentlich hat Oqueran Deirdre verloren, denn Deirdre und Heiner sind ein Paar und wurden das noch vor Ablauf der gesetzten Frist. Aber der Prinz stellt sich gegen die Gesetze des Meeres und will Deirdre mit Gewalt gewinnen oder Rache an ihr und Heiner üben. Er meint, seinen Bann gewissermaßen ‚strecken' zu können: Er will Heiner töten und Deirdre in die Zwischenwelt zurückschicken, von wo aus sie einen nächsten Liebhaber innerhalb der nun wieder neu gesetzten 391 Tage finden soll, was ihr von der Zwischenwelt aus kaum gelingen wird. Da der Prinz aber Deirdres Liebhaber nicht selbst anzurühren wagt, hat er eine befreundete Harpyie mit dem Mord beauftragt. Sie wird Heiner in Deirdres Gestalt und in deren Bett im Landgasthof draußen erwarten. Geht Heiner hin, dann ist er verloren. Oqueran wird währenddessen Deirdre davon abhalten, zur Unzeit in ihr Zimmer im Gasthof zu gelangen, wodurch sie den Betrug entlarven könnte. Du musst also versuchen zu verhindern, dass Heiner in die Fänge der Harpyie gerät. Am besten wäre es, ihr würdet alle eng beieinander bleiben.

Ich habe Tethys und Okeanos, Nereus und Doris über den Vertragsbruch und den Betrug des Okeaniden-Prinzen in Kenntnis gesetzt, ebenso Ran, Deine Großmutter. Die drei Herrscher werden Oqueran bestrafen, aber im Meer geschehen die Dinge manchmal langsamer als auf Erden. Bis der Prinz unschädlich gemacht ist, könnte seine Verschwörung durchaus noch Erfolg haben, darum seid wachsam!"

Mutter und Sohn schlossen sich noch einmal in die Arme, dann saß Aidan wieder allein am Ufer.

„Habe ich das jetzt geträumt?", fragte er sich laut. Dann stand er auf und ging langsam nach Hause.

*

Katharina war nach ihrer Debatte mit Aidan ins Gästezimmer geflohen, hatte sich aufs Bett gelegt und ihre Worte noch einmal Revue passieren lassen. O Gott, sie hatte sich Aidan ja geradezu aufgedrängt! Woher kam diese plötzliche Panik? Ja, natürlich: Daher, dass diese Irin zu Besuch gekommen war. Jetzt fing sie selbst schon an um Aidan zu betteln, wie eine abgehalfterte Geliebte! Scham und Enttäuschung waren so groß, dass sie die Türe verschloss, sich aufs Bett warf und hemmungslos weinte. Das ging lange so. Endlich versiegten die Tränen und Trotz und Zorn breiteten sich in ihr aus. Sollte Aidan doch heiraten, wen er wollte! Sie hatte auch ein erfülltes Leben ohne ihn. Doch als sie so weit gekommen war, flossen schon wieder die Tränen und sie konnte nichts dagegen tun. Am Nachmittag huschte sie schnell ins Bad, um ihre verheulten Augen zu kühlen und die Tränenspuren zu beseitigen. Danach schlich sie sich ins Esszimmer; doch als sie Türe öffnete, saßen da Deirdre und Alayna schweigend vor ihrem Kaffee und blickten sie an.

„Du kommst genau richtig", sagte Deirdre, „wir haben frischen Kaffee. Darf ich dir eine Tasse einschenken?"

„Ja, gern", antwortete Katharina und versuchte, den Blick nicht auf Alayna zu richten. Diese hatte jedoch Katharina sofort fixiert und an ihren roten Augen gesehen, welche Nöte die Nebenbuhlerin gerade durchlebte. Plötzlich empfand sie nur noch Sympathie und Mitleid mit ihr. Und da sie von Deirdres Heirat mit Heiner gehört hatte, konnte sie Aidans Bezeichnung von Heiner als „mein Freund und Schwager" nun auch richtig deuten. Sie bat Deirdre, Katharina zu sagen, sie heiße Alayna und würde sich freuen, Katharina als neue Freundin begrüßen zu dürfen. Als Deirdre übersetzt hatte, kamen Katharina schon wieder die Tränen. Sie entschuldigte sich und ging schnell auf die Toilette. Deirdre blickte ihr sorgenvoll nach.

Am frühen Abend bat Aidan alle ins Wohnzimmer, und das war an sich schon recht ungewöhnlich. Die Freunde kamen verwundert zusammen, setzten sich leise plaudernd an den Tisch und warteten auf das, was Aidan ihnen mitteilen würde.

„Ich habe heute am See Besuch von Mutter bekommen", leitete er seinen Bericht ein und Deirdre übersetzte die Worte leise für Alayna. Aidan fuhr fort: „Sie gab mir für euch eine Warnung mit. Oqueran wird wohl in den kommenden Tagen den nächsten Schlag gegen uns führen, das heißt gegen Deirdre und Heiner."

„Aber das darf er nicht tun!", fuhr Deirdre wütend auf. „Wir haben doch seine Bedingungen erfüllt. Er hat keine weiteren Ansprüche mehr an mich!"

„Das sagte Mutter auch", fuhr Aidan fort, „doch er hat sich entschieden, gegen das Schicksal und die Gesetze des Meeres zu verstoßen und plant Heiners Tod. Da er weiß, dass er das eigentlich nicht machen darf, hat er eine Harpyie als Mörderin gedungen und auf Heiner angesetzt. Sie wird in dem Landgasthof in Deirdres Zimmer und Bett auf Heiner warten und ihn töten, wenn er sich zu ihr legt. Am Morgen bleibt dann sein zerfetzter Leichnam zurück, der Verdacht wird auf dich fallen, Deirdre, und du wirst schnellstens in die Zwischenwelt zurückkehren müssen, von wo aus du dann wieder innerhalb von 391 Tagen einen neuen Ehemann finden sollst."

„Warum sollte ich mich zu einer Harpyie legen?", fragte Heiner verwundert.

„Weil du sie nicht von meiner Schwester wirst unterscheiden können. Sie wird Deirdres Gestalt annehmen und mit Deirdres Stimme sprechen. Sie wird sogar wie Deirdre riechen. Bis du deinen Irrtum bemerkst, bist du schon tot."

„Ich bin beeindruckt", grinste Heiner, doch Aidan blieb ernst.

„Heiner, du weißt nicht, womit wir es jetzt zu tun bekommen: Harpyien sind in der Wahl ihrer Mittel unfehlbar. Die Harpyie wird jede Gefühlsregung dieses Menschenkreises, jedes unvorhergesehene Ereignis, jede Schwäche, jedes Versehen eines Einzelnen zu ihren Gunsten nutzen. Harpyien machen keine Fehler."

„Wie sollen wir dem Angriff begegnen?", fragte Deirdre.

„Wir müssen die nächsten Tage immer zusammenbleiben; das hat auch Mutter geraten. Sie hat Nereus und Doris, aber auch unsere Großmutter Ran über den Vertragsbruch benachrichtigt und hofft, dass die Herrscher der Meere auch Okeanos und Tethys zu schnellem Eingreifen bewegen können."

„Gut, wir wissen jetzt Bescheid. Ich schlage vor, dass wir hier im Hause einige Notlager aufbauen und die nächsten Tage konsequent beieinander bleiben. Oqueran wird versuchen, uns auseinander zu locken, damit er uns einzeln manipulieren kann, indem er einen gegen den anderen ausspielt. Der Prinz ist fantasievoll in der Wahl seiner Mittel und hat viele Helfer."

Nach dem ‚Kriegsrat' trugen sie Speisen, Getränke, Geschirr und Besteck aus der Küche ins Zimmer und deckten den Tisch. Danach setzten sie sich zusammen und aßen gemeinsam zu Abend. Schließlich plauderten sie noch eine Weile, richteten dann die Schlafplätze her und begaben sich früh zur Ruhe. Ausgehen oder ein Spaziergang erschien ihnen zu gefährlich, solches musste jetzt ein paar Tage warten.

*

Als es im Hause dunkel und still geworden war, flog die Harpyie durch die geschlossenen Fenster und Wände in alle Zimmer des Hauses, prägte sich die einzelnen Menschen ein, die dort schliefen, las aus dem Lebensäther des Raumes die Gespräche ab, die dort geführt worden waren und prüfte die Schwächen und Stärken der Freunde. Dann lächelte sie und flog still davon. Keiner der Beobachteten hatte äußerlich etwas bemerkt, nur Deirdre hatte davon geträumt. Deshalb rief sie am Morgen alle zusammen und sagte:

„Heute Nacht war die Harpyie hier im Hause. Sie ist in alle Zimmer geflogen und hat uns geprüft. Sie weiß jetzt, mit wem sie es zu tun hat. Ab heute ist unser Leben wirklich in Gefahr!"

DAS SPIEL DER HARPYIE

Die Harpyie war mit einem Lächeln auf den Lippen davongeflogen. Über den Äther, jenes Element, aus dem die vier anderen am Weltenanfang einst hervorgegangen waren, verständigte sie sich mit Oqueran: „Ich brauche deine Hilfe nicht", sagte sie, „die Menschlein hier sind harmlos. Heute Nacht wird es vollbracht."

„Gut", sagte der Prinz, „deine Belohnung wartet auf dich."

Die Harpyie brach die Verbindung ab. „Angeber, eitler", murmelte sie.

Der Tag verlief für die Freunde schleppend. Diejenigen, die die Gefahr ermessen konnten, waren angespannt; die anderen wurden im Laufe des Tages von der düsteren Stimmung angesteckt. Am Abend fragte Deirdre, ob sie über Nacht nicht alle zusammen in einem Zimmer bleiben sollten, doch Heiner, der gern mit Deirdre geschlafen hätte, meinte, das sei wohl nicht nötig. So trennten sie sich mit einem etwas mulmigen Gefühl und begaben sich in ihre Zimmer.

Als alle eingeschlafen waren, kam die Harpyie geflogen und landete auf dem Dach des Hauses. Sie sah, dass alle schliefen. Darauf flog sie in den Keller, öffnete die Türen von Heizungsraum, Heizkessel und Abstellräumen, zog aus der Waschküche Körbe mit Wäsche in den Heizkeller und schob die Stoffteile in die Glut des Heizkessels. Dann rückte sie alle vorhandenen Möbel nah an die Wäschekörbe heran. Die Flammen erfassten die Stoffe, fraßen sich langsam bis zu den Körben vor und setzten diese in Brand. Von dort erfassten sie die ersten Möbelstücke und bekamen nun richtig Nahrung. Der Brand setzte sich in die Abstellräume fort und gewann an Hitze. Die Bodendielen im Stockwerk darüber begannen zu rauchen. Ein Spalt zwischen Wand und Boden brachte den Durchbruch. Jetzt schlugen die ersten Flammen in die Räume über dem Kellergeschoss und gewannen an Heftigkeit. Ein Sausen begleitete ihr Vorandringen. Dieses Geräusch ließ Deirdre erwachen.

„Heiner, das Haus brennt!", schrie sie.

Heiner fuhr hoch. „Wie kommst du darauf?", fragte er, dann hörte auch er das Brausen und roch den Rauch.

Schnell eilten die beiden nun in alle Zimmer, die noch erreichbar waren und weckten die Freunde. Zu einem Raum kamen sie nicht, weil mitten im Flur schon der Brand lohte. Alle rannten um ihr Leben und versuchten, hinauszukommen. Aus den umliegenden Häusern schauten Menschen heraus und schrien, bald tönten die Signalhörner von Feuerwehrwagen in der Ferne, Heiner und Aidan versuchten, zu Alayna vorzudringen, die noch im Haus war, und wildfremde Männer eilten umher, um irgendwie zu helfen. Endlich kam die Feuerwehr zum Einsatz, jemand trug eine regungslose Gestalt aus dem brennenden Teil des Hauses und brachte sie zu einem Krankenwagen in der Nähe; es war Alayna. Keiner überschaute mehr das Chaos. Deirdre eilte zum Krankenwagen, um Alayna ins Krankenhaus zu begleiten.

Aidan hatte den Arm um Katharina gelegt und führte sie aus dem unmittelbaren Gefahrenbereich hinaus. Sie weinte. Eine fremde Frau hüllte sie in einen Bademantel. Katharina dankte der Fremden. Plötzlich fiel Aidan auf, dass Heiner nicht zugegen war.

„Wo ist dein Bruder?", fragte er Katharina.

„Ich weiß nicht."

Ein Sanitäter sprach sie an: „Benötigen Sie Hilfe?"

Katharina nickte. Während sie zum Sanitätswagen gebracht wurde, streifte Aidan um die Häuser und suchte Heiner.

*

Heiner war unverletzt aus dem Haus gekommen, hatte aber zu viel Rauch eingeatmet und kämpfte jetzt abwechselnd mit Atemnot und Hustenanfällen. Eine fremde Frau im weißen Arztkittel kam auf ihn zu.

„Geht es Ihnen nicht gut?", fragte sie.

„Geht schon; bin nur ein bisschen kurzatmig", wehrte er ab und hustete.

„Kommen Sie mit, mit Rauchvergiftung ist nicht zu spaßen. Ich gebe Ihnen wenigstens ein mildes Medikament zum Gegensteuern."

Heiner folgte ihr zu einem der Rotekreuzwagen. Sie trat vor den geöffneten Kofferraum, in welchem Fläschchen und Binden lagen und zog eine Spritze auf.

„Ein kleiner Pieks ...", sagte sie, bevor sie ihm die Nadel in den Arm stach.

Als Heiner bewusstlos zusammenbrach, fing sie ihn auf, nahm ihn auf den Arm und flog mit ihm nordwärts in die Nacht hinaus. Die Ärztin war niemand anderes als die Harpyie Armorika.

Sie flog bis zu jenem Landgasthof, in welchem Deirdre ein Zimmer gemietet hatte, dort legte sie Heiner vor dem Haus auf den Boden, glitt durch die Wand von Deirdres Zimmer und öffnete eines der Fenster. Danach flog sie wieder zu Heiner hinab, hob ihn auf und flog mit ihm durch das offene Fenster ins Zimmer hinein. Sie zog ihm den Schlafanzug vom Leib und legte ihn nackt in Deirdres Bett. Dann schloss sie das Fenster und zog die Vorhänge zu. Sie nahm Deirdres Gestalt an und legte sich zu Heiner unter das Federbett. Bei der Berührung mit dem menschlichen Körper erschauerte sie vor Lust. Sie presste sich an ihn und rieb ihren schönen Leib an dem seinen.

Allmählich kam Heiner zu sich. Als er die vertraute Gestalt neben sich spürte, reagierte er heftig. Er schlang die Arme um die Harpyie und drang mit einem leisen Stöhnen in sie ein. Die Harpyie schrie vor Lust auf und bewegte sich noch heftiger. So steigerten sie gegenseitig ihre Begierde, bis auch Heiner in seliger Wonne aufstöhnte und seinen Samen in sie ergoss. Dieses Spiel wiederholte die Harpyie noch drei weitere Male, wobei Heiner beim Liebesspiel immer wilder, aber nach jedem Höhepunkt kraftloser wurde. Als die Harpyie ihm im Morgengrauen Hals und Brust aufriss und ihn zu verspeisen begann, nahm er dies nur noch wie im Traume wahr.

*

Unterdessen hatte Aidan vergeblich versucht, den Freund zu finden. Als der Morgen graute, wurden seine schlimmsten Ahnungen zur Gewissheit, denn Heiner blieb unauffindbar. Aidan verständigte die Polizei und schilderte Heiners Verschwinden, wobei Katharina ihm assistierte. Auch sie war verzweifelt. Irgendwann nannten sie der Polizei die Adresse des Landgasthofs oberhalb des Deggenhauser Tals. Als die Beamten dort in Deirdres Zimmer einbrachen, bot sich ihnen ein schreckliches Bild: Ein männlicher Leichnam lag zerfetzt im Bett und das Blut, das daraus herabgetropft und -geflossen war, bildete eine große Lache am Boden. Nun wurde auch die Kriminalpolizei eingeschaltet.

Die Beamten fragten als erstes nach Deirdre, die das Zimmer gemietet hatte, und nach der Rolle, die sie in diesem Drama möglicherweise spielte. Zum Glück für Deirdre war ihr Aufenthalt im Krankenhaus zugleich ihr Alibi für die Mordzeit. Sie hatte ja nicht nur Alayna begleitet, sondern dieser auch dolmetschen müssen, weil Alayna die Sprache nicht beherrschte. So war Deirdres Aufenthalt nach dem Unglück fraglos klar. Ihre fehlenden Papiere wurden dem Brand in Aidans und Heiners Wohnung zugeschrieben.

Während Deirdre Heiners Tod seltsam gefasst hinnahm, kamen Aidan und Katharina mit Heiners Verlust nur schwer klar. Aidan gab sich die Schuld daran, den Freund nicht genügend geschützt zu haben und betrachtete dessen Tod als sein persönliches Versagen.

Katharina weinte und trauerte um den Bruder. Deirdre sagte, kein Mensch habe Heiner vor der Harpyie schützen können. Alayna war noch benommen von ihrer Rauchvergiftung und weinte um den Fremden und um sich selbst, weil Aidan sich ihr gegenüber nicht anders verhielt als sonst; so als wäre sie nur eine seiner ‚guten Freundinnen', nicht mehr. Doch eben dieses Mehr hatte sie erhofft, als sie von zu Hause aufgebrochen war.

In der Folgezeit mussten die Freunde sich um eine neue Bleibe kümmern, denn das Haus in Nussdorf war einsturzgefährdet und durfte nicht mehr betreten werden. Die Feuerwehr holte ihre Wertsachen in einem Spezialeinsatz heraus. Nach einigem Suchen fand Aidan ein altes Haus im Deggenhauser Tal, wo sie alle vier unterkommen konnten. Katharina sah keinen Sinn darin, das Studium abzubrechen und womöglich in ihr Elternhaus in Stuttgart zurückzukehren. Alayna wollte Aidan nicht kampflos der Nebenbuhlerin überlassen, daher blieb sie ebenfalls bei den Freunden und erwog, sich an derselben Uni wie Aidan und Katharina einschreiben zu lassen. Und Deirdre wollte nicht mehr in das Zimmer zurück, in welchem Heiner getötet worden war.

Wenige Tage nach ihrem Umzug in die neue Bleibe bekamen Aidan und Deirdre morgens von einer Möwe Besuch. Diese landete vor ihnen auf dem Verandageländer, schüttelte sich und stand in Gestalt eines großen Vogels mit menschlichem Haupt vor ihnen.

Die verwandelte Möwe sprach: „Ich bin Leukosia, meinem Wesen nach eine Sirene, eure Großmutter, Ran schickt mich zu euch. Sie lässt euch durch mich ausrichten: «Kommt bitte, so schnell es euch möglich ist, an die deutsche Nordseeküste nach Wremen, nördlich von Bremerhaven. Nereus, Doris und ich, eure Großmutter, brauchen euch dort als Zeugen. Wir haben mit Okeanos und Tethys eine große Versammlung vereinbart. Die wurde jetzt für übermorgen einberufen. Alle Klagen gegen Oqueran sollen dort behandelt und hernach Gericht über den Prinzen gehalten werden.» Könnt ihr kommen? Was soll ich eurer Großmutter ausrichten?"

„Hab Dank, Leukosia", antwortete Deirdre. „Bitte richte ihr aus, dass wir heute noch aufbrechen werden. Und dir einen guten Flug bei der Rückreise!"

„Auch meinen Dank dir, Leukosia!", sagte Aidan.

Leukosie warf Aidan einen lüsternen Blick zu, verwandelte sich dann wieder in eine Möwe und flog mit schrillem Krächzen auf und davon.

Deirdre und Aidan richteten ein paar Sachen für die Reise, sagten Katharina und Alayna Bescheid und brachen gegen Mittag in den Norden auf.

DAS TRIBUNAL

Als Deirdre und Aidan nördlich von Bremerhaven die Küste erreicht hatten, suchten sie sich einen abgelegenen Platz, legten ihre Kleider am Strand ab und stiegen ins Wasser. Sie schwammen ein Stück in die offene See hinaus und wurden alsbald von einer Schar Delphine begleitet, die ihnen die Richtung wiesen.

Und dann kam der Bewusstseinswandel wie ein Blitzschlag über sie. Gerade hatten sie sich noch im normalen Alltagsbewusstsein befunden und waren im üblichen menschlichen Seelenzustand von der Küste losgeschwommen, da erlosch jäh das Licht des Tages um sie herum und zugleich und ebenso plötzlich strahlte ein anderes Licht in ihrer Seele auf und beleuchtete eine verwandelte Welt. Plötzlich sahen sie um sich herum das wimmelnde Leben der Wassergeister: Scharen von Okeaniden streckten ihnen die Arme entgegen, berührten sie zärtlich und hießen sie willkommen, dann wieder durchschwammen sie Tausende und Abertausende von Nereïden, die mit ihnen sprachen, sie anlachten, um sie herum tuschelten oder ihnen etwas zuflüsterten; auch wurden sie immer wieder von Nymphen liebkost, wo sie im Alltagsbewusstsein zuvor nur Wasser und nichts als Wasser gespürt hatten. Undinen glitten an ihnen entlang und kitzelten und neckten sie und Sirenen begrüßten sie mit ihren sehnsuchtsvollen Zauberliedern. Selbst Sylphen und Feuergeister quirlten um sie herum, letztere allerdings mehr an der Wasseroberfläche und auf den Rücken der Wasserfrauen, Najaden und Nöcken, welche für das Alltagsbewusstsein unentwegt die Illusion von Wasser erzeugten. Das Leben pulsierte in leuchtenden Stößen umher und wob farbige Schleier um sie herum, azurfarben, goldgrün und ultramarinblau.

„Wie schön es hier ist!", rief Aidan.

„Mutters Heimat", rief Deirdre zurück.

Und da schwamm auch schon ihre Mutter auf sie zu und nahm Deirdre und Aidan in die Arme. „Wie schön, dass ihr gekommen seid!", sagte sie und lachte vor Freude. „Wir schwimmen in den großen Versammlungspalast. Ihr werdet staunen!" Sie machten einige wenige Schwimmstöße, da kamen sie auch schon an.

Vor ihnen erhob sich ein schimmernder Perlmuttbau mit einem herrlichen Garten darum, in welchem die seltensten Wasserpflanzen wuchsen, manche wie in Blumenrabatten beetartig beieinander, andere hoch wie Bäume und eher vereinzelt stehend, dazwischen alle möglichen Pflanzentiere in zum Teil kräftigen, leuchtenden Farben und ungewöhnlichen Formen. Und ein wuselndes Leben an Würmern, Seepferdchen, Schnecken, Fischen, Quallen, Seesternen, Krabben und tausenderlei anderen Wesen, die da von Mutter Wasser getragen und geschaukelt wurden, spielte und tanzte um sie herum. Sie schwammen durch das lebendig quirlende Chaos hindurch und direkt in den Palast hinein. Da wurden sie fast geblendet von Millionen und Abermillionen großer und kleiner Kieselalgen, die wie Sterne die Wände bedeckten und dabei von Leuchtfischen angestrahlt wurden, so dass sie deren Licht tausendfach spiegelten.

Plötzlich spürten sie die Anwesenheit hoher Persönlichkeiten und sahen sich unmittelbar darauf Tethys und Okeanos gegenüber. Sie grüßten das Herrscherpaar ehrfurchtsvoll und diese hießen sie freundlich willkommen; dann wurde ihr Aufmerksamkeit auf Nereus und Doris gelenkt, die sich im Palasthintergrund mit Aidans und Deirdres Großeltern Ägir und Rana unterhielten und ihnen zuwinkten. Zu diesen schwammen sie hin, grüßten das Herrscherpaar Nereus und Doris, die Eltern der Nereïden, und umarmten ihre königlichen Großeltern. Ägir und Rana waren wie immer von ihren Enkeln entzückt und drückten sie herzlich an sich.

„Hat eine gute Mischung ergeben, Wasserwesen und Menschen zu kreuzen", schmunzelte Ägir. Rana stieß ihm ihren Ellbogen in die Hüfte, worauf er sogleich verstummte.

Ein Muschelhorn ertönte mit dumpfem Ton und die Herrscher und geladenen Gäste schwammen in die Mitte des Palastes, wo sie einen Kreis bildeten. Tethys kam und eröffnete das Tribunal. Die verschiedenen Herrscher beschrieben nun der Reihe nach, was Oqueran in letzter Zeit alles angestellt hatte. Als dann Rana des Prinzen Wortbruch vorbrachte und wie er seinen eigenen Bannfluch gebrochen und die Gesetze der Meere missachtet hatte, wurde das Wasser um Tethys herum immer dunkler von ihrer Empörung. Finnabair erzählte, wie Oqueran Deirdres Freund Heiner hatte töten lassen, obgleich ihre Tochter und dieser Mensch des Prinzen Forderung zuvor erfüllt hatten, und dass der Prinz sich einer Harpyie zum Mord bedient hatte. Tethys' Ratgeber bestätigte die Anklage. Da war es dann um Tethys' Fassung geschehen; das Wasser um sie herum brodelte von ihrem Unmut, und sie sandte sofort eine Nymphe als Botin zu Oqueran und hieß ihn kommen. Der Prinz, der schon im Palast gewartet hatte, kam geschwommen.

Die Herrscherin sprach nur drei Worte: „Ist es wahr?"

Oqueran, der sich bisher aus allen seinen Schwierigkeiten immer erfolgreich herausgewunden hatte, merkte nicht, wie ernst es diesmal um ihn stand.

„Warum hat man mir meine versprochene Braut auch nicht freiwillig gegeben?", fragte er zurück. Damit verstieß er gleich gegen mehrere ungeschriebene Gesetze.

Tethys hob ihre Hand und sprach: „Ich entziehe dir hiermit deine Unsterblichkeit. Hinfort wirst du nur noch als Halbgott in einem Geysir auf dem Lande dein Dasein fristen. Erlöscht die Springquelle, verlöschst auch du."

Oqueran heulte entsetzt auf, worauf Scharen von Nymphen und Undinen ihn umschmeichelten und zu trösten versuchten.

Tethys bestimmte zwei hohe Meereswächter, welche Oqueran an den Verbannungsort begleiten sollten. Sie sahen wie Nixen aus, trugen aber ein Horn mitten auf der Stirn. Sie führten den heulenden Prinzen davon. Dann zogen sich die drei Herrscherpaare allein in einen Nebensaal zur Beratung zurück, und nur Tethys' Ratgeber begleitete sie. Aidan, der vom maritimen zum menschlichen Bewusstsein hin und her wechseln konnte, schätzte die Zeit, die das Gericht von der Eröffnung bis zur Urteilsverkündung gebraucht hatte, auf etwa zehn Minuten. Später, als er wieder an Land kam, merkte er allerdings, dass man die Zeit vom Alltagsbewusstsein aus nicht einzuschätzen vermag, weil sie in der Anderswelt andere Wege geht.

Als die Beratung abgeschlossen war, kamen die Herrscher wieder in den großen Saal zurück.

Tethys sprach im Namen aller: „Für Euch Menschen wäre es einfacher, wenn mit Oquerans Verbannung auch alle zuvor geschmiedeten oder gewobenen Flüche, Bannsprüche und Verwünschungen enden würden; doch so einfach geht das im Reich der Elemente nicht. Deirdre ist zwar ab sofort frei von den Ansprüchen des Prinzen, doch Oquerans letzter Bann ist zu stark um ihn aufzulösen. Deshalb muss Deirdre wieder in die Zwischenwelt zurück, kann diese aber bei Bedarf verlassen; und sie muss innerhalb eines Jahres, eines Monats, einer Woche und eines Tages nach ihres Freundes Tod einen neuen Liebhaber finden, der bereit ist sie zu ehelichen.

Das ist unschön in deiner jetzigen Lage, Deirdre, wo du gerade den Freund verloren hast, aber vertraue auf die Mächte des Schicksals, denn diese neigen sich dir bald wieder zu. Glaube mir, Oqueran hat nie in meinem Sinne gehandelt, doch dich als Schwiegertochter hätte ich liebend gern in die Arme geschlossen. Nimm meine Freundschaft entgegen, ich werde dir jederzeit beistehen, wenn du einmal Hilfe aus dem Meer benötigst. Ran, Doris und ich sind ohnehin in steter Verbindung." Damit umarmte Tethys die beiden Menschen und zog sich zurück.

Auch Doris umarmte Deirdre und Aidan und verließ den Palast.

Ran und Ägir verabschiedeten sich von ihren Enkelkindern und schlossen sich Doris an.

Finnabair sagte: „Ich begleite euch noch bis zum Ufer."

Dann schwammen Deirdre und Aidan in ihrer Begleitung wieder zurück zum Land.

Als sie ins seichte Wasser kamen, verabschiedeten sie sich von ihrer Mutter, und diese umarmte ihre Kinder und hielt sie lange Zeit fest im Arm. Schließlich wateten Deirdre und Aidan an Land. Als Aidan auf seine Armbanduhr schaute, die er bei den Kleidern gelassen hatte, waren seit dem Verlassen des festen Landes und dem Hinausschwimmen in die offene See nur eben vier Minuten vergangen.

„Vier Minuten, die sich wie vier Stunden gebärdet haben", dachte er verblüfft.

Erst als sie sich abgetrocknet und angezogen hatten, waren sie wieder ganz im Alltagsbewusstsein angekommen.

„Nun geht das Theater mit deinem Mann von vorne los", stöhnte Aidan.

„Irgendwie habe ich es von Anfang an gewusst", antwortete Deirdre. Dann fügte sie an: „Doch eine ganz andere Frage: Du hast täglich zwei junge Frauen um dich herum, die sich nach dir sehnen und dich ganz für sich allein haben wollen. Für welche magst du dich entscheiden?"

„Du hast den tieferen Einblick ins Schicksal", antwortete Aidan. „Rate du mir, für wen ich mich entscheiden soll!"

„Ist das die ganze Liebe, derer du fähig bist, dass es dir gleichgültig erscheint, wer von beiden deine Gefährtin wird?"

„Das ist nicht Gleichgültigkeit; ich will sie beide."

„Das werden die Frauen aber nicht mitmachen", entgegnete Deirdre.

„Deswegen habe ich mich nie entschieden", meinte Aidan.

„Dann tu es bald", riet ihm die Schwester, „es hängt schließlich das Glück der Mädchen davon ab."

„Wie meinst du das?"

„Ganz so, wie ich es gesagt habe: Du stehst gewissermaßen an einer Weggabelung, der Weg mit Katharina führt dich woanders hin als der Weg mit Alayna. Beide sind schöne Mädchen und werden auch ohne dich früher oder später noch einen Liebhaber finden und ein erfülltes Leben führen können, doch je eher du deine Entscheidung triffst, desto früher verebbt der Schmerz derjenigen, die dabei übrig bleibt."

„Kannst du mir nicht wenigstens eine Hilfestellung geben?", bat Aidan.

„Gut", nickte Deirdre, „dann lass das Schicksal entscheiden …"

„Nein", unterbrach der Bruder sie, „dann mach ich's lieber selbst, so sauer mich das auch ankommen wird!"

„Du willst dem Schicksal vorgreifen?", lächelte die Schwester. „Wohlan, versuche es."

DIE ENTSCHEIDUNG

Zwölf Stunden, nachdem sie das Meer in Wremen verlassen hatten, kamen sie zu Hause an. Sie wurden von Alayna und Katharina herzlich begrüßt.

„Wir haben euch echt vermisst", sagten beide, jede in ihrer Sprache.

„Ich habe Alayna ein paar der Städtchen und Dörfer in der Umgebung gezeigt", erzählte Katharina, „aber sonderlich begeistert schien sie nicht zu sein. Sie hat halt Probleme mit der Sprache."

„Now speak in a more civilized language", murmelte Alayna vor sich hin.

Nach dem Mittagessen eröffnete sie den Freunden, dass sie nach Irland zurückkehren werde. Sie sei der Sprache hier nicht gewachsen. Und sie wolle nicht als Trauzeugin für Aidan und Katharina fungieren, so sympathisch ihr die letztere auch geworden sei. Alle schwiegen betroffen. Obwohl Katharina versuchte, Alayna die Rückfahrt auszureden, blieb diese bei ihrem Entschluss.

Zwei Tage später war Alayna reisefertig. Beim Abschied von den Freunden weinte sie heftig und auch Katharina liefen die Tränen herunter. Deirdre war ungewöhnlich gefasst und Aidan durfte als Mann sowieso keine Gefühle zeigen, weil man das als unmännlich empfunden hätte. Sie brachten die Freundin schweren Herzens zur Bahn und winkten ihr dann nach, bis der Zug in der Ferne verschwand.

„War das vom Schicksal her gesehen jetzt richtig?", fragte Aidan seine Schwester.

„Was das Schicksal uns bringt, ist immer richtig", antwortete Deirdre.

Nach dem Mittagessen eröffnete Katharina den Geschwistern, dass sie sich überlegt habe, in Freiburg oder Tübingen weiter zu studieren. Sie sei schließlich mit schuld daran, dass Alayna sie jetzt verlassen habe, und sie wolle Aidan auch nicht weiter unter Druck setzen, sich mit ihr abgeben zu müssen, wo er doch mit Alayna so gut wie verlobt gewesen sei. Als sie mit ihrer Argumentation so weit gekommen war, liefen ihr schon wieder die Tränen herunter.

„Da weißt du mehr als ich", widersprach ihr Aidan. „Hat Alayna das so gesagt?"

„Soweit ich verstanden habe, ja."

„Alayna war für mich immer das, was man eine gute Freundin nennt, mehr im Sinne von Sandkasten-Gespielin und später ‚Kumpel'; doch sie war nie meine Geliebte."

„Wär' sie aber gern gewesen", stieß Katharina hervor.

Deirdre verließ still das Zimmer. Der Ruf in die Zwischenwelt hatte sie erreicht. Sie konnte sich nicht einmal mehr von Katharina verabschieden. Und sie spürte, wie ihre Kräfte nachließen. Lange würde sie dieses Spiel nicht mehr durchhalten können.

Die nächsten Tage blieb die Stimmung zwischen Aidan und Katharina angespannt, vor allem dadurch, dass Deirdre so plötzlich verschwunden war. Auf Katharinas Frage, wo seine Schwester denn hingefahren sei, hatte Aidan ausweichend geantwortet. Katharina nahm das als Beweis, dass er ihr nicht vertraute und war todunglücklich. Aidan, der mit der Situation nicht umgehen konnte, beschloss, wieder eine Zeit lang arbeiten zu gehen, auch weil ihnen das Geld allmählich knapp wurde. Er fand eine vorübergehende Anstellung bei einer Brauerei mit angeschlossenem Gasthof, wo er vor allem schlichte Kraftarbeiten zu verrichten hatte. Das war ihm gerade recht, weil sein Studium wenig Zeit für ausreichend Bewegung ließ.

Etliche seiner neuen Kollegen in der Brauerei waren in seinem Alter, durchweg bodenständige, freundliche Leute. Dank seiner außergewöhnlichen Sympathiekräfte verstand er sich ohnehin schnell mit anderen, das war schon in der alten Heimat so gewesen.

14 Tage nachdem er seine Arbeit angetreten hatte, kam er an einem Freitagnachmittag heim und fand das Haus verlassen vor. Auf dem Esstisch lag ein Brief von Katharina. Sie schrieb:

„Lieber Aidan, wie ich schon sagte, will ich ja den Studienplatz wechseln. Durch eine Freundin bekam ich vorgestern Gelegenheit, mir Tübingen auf die Schnelle anzusehen, und ich war restlos begeistert. Daher habe ich mich gleich entschieden, den Umzug jetzt vorzunehmen, wo noch Ferien sind. Ich kann in Tübingen mit meiner Freundin in einer WG wohnen, mit mir zusammen sind wir fünf Studentinnen.

Ich bedaure die Kluft, die nach Heiners Tod zwischen uns entstanden ist, und hoffe, dass Du mir nichts nachträgst. Ich werde Dich immer vermissen.

Herzlich Deine Katharina.“

Als Aidan den Brief gelesen hatte, war er erschüttert. Er betrachtete Katharinas Weggang auch wieder als sein persönliches Versagen. Er hatte sich eindeutig zu wenig um sie gekümmert. Die zu Heiners Lebzeiten so fröhliche und tatkräftige junge Frau war in letzter Zeit nur noch traurig und geknickt im Haus herumgegangen, hatte weitere Gespräche mit ihm vermieden und sich seit Deirdres Verschwinden ganz in sich selbst zurückgezogen.

Was könnte er jetzt tun? Sollte er nach Irland zurückkehren, wo alles begann? Alayna würde sich bestimmt freuen, ihn wieder zu sehen. Aber er konnte Deirdre nicht im Stich lassen. Aus einem weder ihm noch ihr bekannten Grund waren sie beide an diesen geographischen Punkt der Erde angekettet. Also musste er wohl hier bleiben, und es war ja auch schön hier. Oder sollte er nach Tübingen fahren?

Doch auch dafür galt, dass es zu weit entfernt lag. Einen Brief schreiben? Aber was hätte er Neues mitzuteilen?

Aidan merkte, dass sein unbefangener Umgang mit den Freundinnen ihm selbst zwar stets genug gewesen war, nicht aber den jungen Frauen, die sich in ihn verliebt hatten. Sie wollten mehr von ihm, als er zu geben bereit gewesen war, wollten seine gesamte Aufmerksamkeit, seine Zeit, seine Gefühle, sein Denken und Trachten, sein ganzes Dasein, ja, sie wollten ihr Leben mit seinem verbinden und zu einer Einheit verschmelzen. Und warum war er nie darauf eingegangen? Hatte er diese totale Vereinnahmung gefürchtet? Eigentlich fürchtete er sie nicht; doch ihm waren Küssen, Schmusen und gelegentliche Abstecher ins Bett völlig genug. Und er hätte so viele großartige Persönlichkeiten gar nicht erst kennengelernt, wenn er sich gleich an die erste von ihnen gebunden hätte. Das galt aber doch genauso für die Mädchen. Was, wenn er sich nun wirklich einmal festgelegt hätte und diese Freundin wäre dann gern mit einem anderen Mann ins Bett gegangen? Eine feste Verbindung hätte auch ihr alle weiteren Bekanntschaften verbaut. Oder empfanden Mädchen das anders? Er beschloss, Deirdre bei Gelegenheit danach zu fragen. Katharinas Weggang schmerzte ihn stärker, als er erwartet hatte.

In der folgenden Zeit widmete er sich sonn- und feiertags mehr oder weniger dem Lernen, werktags stürzte er sich in die neue Arbeit. Er hatte auch hier wieder schnell ein gutes, kameradschaftliches Verhältnis zu seinen Kollegen und wurde immer öfter sogar zu ihnen nach Hause eingeladen. Dabei achtete er jetzt bewusster auf die geheimnisvolle Anziehungskraft, die er auf Mädchen und junge Frauen ausübte. Die Mehrzahl seiner Einladungen kam auch prompt aus den Familien jener Kollegen, die eine Schwester oder deren mehrere in etwa seinem Alter hatten. In zwei Fällen waren es auch Väter mit Teenie-Töchtern.

Vor allem mit einem Kollegen verband ihn eine so gute Kamerad-schaft, dass sie sich schnell zur Freundschaft entwickelte. Der junge Mann hieß Lothar und hatte eine außergewöhnlich attraktive Schwester namens Sabine. Bald unternahmen sie gemeinsam klei-nere und größere Aktivitäten, gingen zusammen essen oder tanzen, besuchten Konzerte oder sahen sich Filme an. Lothar und Sabine waren begeisterte Motorradfahrer und liebten sommerliche Aus-flüge auf den Maschinen. Sie überredeten Aidan, sie auf einer ihrer Fahrten zu begleiten.

Sie fuhren zum Picknicken in die Schwäbische Alb und verlebten in Sonne und Wind einen ungewöhnlich schönen und reichen Tag zu-sammen. Das überzeugte auch Aidan von dieser Fortbewegungsart. Bei sonnigem Wetter und trockenen Straßen unternahmen sie nun öfter zu dritt Motorradfahrten. Aidan saß anfangs als Beifahrer auf dem Rücksitz von Lothar, später dann immer öfter mit auf Sabines Maschine. Oft jagten sie lange Strecken an der Donau entlang und durch die Schwäbische Alb, machten Spritztouren in den Süd-schwarzwald und ins Allgäu, und unterwegs wurde gepicknickt oder man kehrte irgendwo im Gasthof ein.

Sabine war enorm vielseitig; sie hatte das freundliche, handfeste und manchmal herzhaft-derbe Wesen eines Dorfmädchens, ver-fügte jedoch dank ihrer Talente und einer glücklichen Schulzeit auch über vielseitige Kenntnisse und künstlerische Interessen und Fähigkeiten. Eitelkeit und Getue waren ihr fremd, sie war stets so unverfälscht, wie Aidan noch nie einen Menschen erlebt hatte. Sein Interesse an Sabine nahm zu und Katharina rückte in seinem Be-wusstsein in den Hintergrund. Dazu kam, dass Sabine eine wunder-bare Stimme hatte und hin und wieder aus reiner Freude kleine Wei-sen sang, die sie irgendwo aufgeschnappt hatte. Das klang so unge-künstelt und zu Herzen gehend, dass die junge Frau ihn immer tie-fer in ihren lieblichen Bann zog.

Eines Sonntags machten Sabine und Aidan allein eine Vergnügungsfahrt ins Grüne hinaus, mieteten sich in einem kleinen Nest unweit von Kloster Beuron bei einem Bootverleih zwei Kajaks und paddelten in ihnen die Donau hinab. Sie ließen sich Zeit und genossen die Schönheit des Flusses und der wechselnden Landschaften, die von burggekrönten Alb-Bergen überragt wurden. Über Mittag machten sie Pause auf einem Wiesenstreifen hinter einem verlassenen Anwesen. Nachdem sie den mitgebrachten Imbiss verzehrt hatten, legten sie die Kleider ab, die sie über den Badesachen trugen und kühlten sich im Fluss, der an dieser Stelle gestaut war und zum Schwimmen einlud. Sie plantschten eine Weile herum und spritzten sich gegenseitig Wasser ins Gesicht; hernach legten sie sich in die Sonne.

Sabine hatte ganz unbefangen ihr Bikinioberteil abgelegt und Aidan fiel es schwer, nicht dauernd auf ihre Brüste zu schauen, vor allem, als sie sich gegenseitig mit Sonnencreme einrieben. Als Sabine Aidan fertig eingecremt hatte, legte sie ihm die Arme um den Hals und küsste ihn heftig auf den Mund. Aidan küsste sie auch, doch das wurde ihnen beiden bald zu wenig. Sabine zog zuerst sich und dann Aidan die Badehose aus und drückte sich eng an ihn. Sie schmusten im Stehen noch eine ganze Weile, dann legten sie sich auf ihre Badetücher und streichelten und liebkosten sich gegenseitig. Bald hielten sie es vor Lust nicht mehr aus und Sabine drückte Aidan an sich und schlang ihre Beine um ihn, bis er in sie eindrang. Sie stöhnten beide vor Lust und Seligkeit und rieben sich immer heftiger ineinander, bis ihre Spannung sich in einem gewaltigen gemeinsamen Höhepunkt entlud. Sabine wollte sogleich mehr, und Aidan drückte sie an sich und streichelte und knetete ihre wunderschönen Brüste. Dann drang er wieder in sie ein und ihr hungriges Stöhnen wurde zu kleinen Seufzern, bis ein erneuter Orgasmus sie vorübergehend erlöste. Dann schliefen sie eng umschlungen ein in Sonnenschein und Wind und unter dem Rauschen der jungen Donau.

Deirdre, die in der Zwischenwelt weilte, wo Zeit und Raum ständig umeinander und ineinander fließen, erlebte die starke Gefühlsregung ihres Bruders in der eigenen Seele. Sie nahm die Gestalt eines weißen Reihers an, erhob sich aus den Büschen am Ufer des Flusses und flog über den Wiesenstreifen hinweg, auf welchem ihr Bruder und das schöne Mädchen eng aneinandergepresst schlummerten. Was sie sah, gefiel ihr. Sie stieß drei Rufe aus, flog noch einmal über das Liebespaar hinweg zum Fluss zurück und verschwand im Laub der Pappeln, Weiden und Erlen.

Sie hatte außer dem schlafenden Paar durch die Liebenden hindurch noch etwas anderes gesehen, was kein Mensch sonst hätte wahrnehmen können: Vom Ufersand bis empor zu den Wolken am Himmel stand da ein wunderschönes Mädchen, zwar unsichtbar für Alltagsaugen, doch stark gegenwärtig und voller Leben, und hatte seine Hände auf die Herzen der beiden Schlummernden gelegt. Deirdre wusste, was sie da sah: Ein Mädchen wollte das Paar als Eltern und drängte sich mit Macht in die Alltagswelt herein.

Der Schlummer der Liebenden währte nur kurz. Als sie erwachten, fanden ihre Hände und Körper selig wieder zueinander, und sie liebten sich mit großer Ruhe und Tiefe und vereinigten sich ein weiteres Mal. Als sie sich danach voneinander lösten, geschah es fast widerwillig und sie träumten schon vom Abend, wo sie das Spiel der Liebe mit Inbrunst fortzuführen gedachten. Sie zogen sich ihre Kleider an, umarmten, streichelten und küssten sich wie Ertrinkende, die nach Luft hungern.

„Als ich dich das erste Mal sah", flüsterte Sabine, „habe ich es schon gewusst."

„Was gewusst?", fragte Aidan.

Als Antwort küsste Sabine ihn lange und innig. „Das", sagte sie, als sie nach Luft schnappend ihr Liebkosen beendeten.

Welche Strecke sie dann wählten und wie sie am Abend heimgekommen waren, wussten später beide nicht zu sagen. Irgendwann fuhr Sabine vor Aidans Wohnhaus und stellte die Maschine ab. Dann gingen sie ins Haus hinein. Sabine rief bei ihrem Bruder an und sagte, dass sie bei Aidan übernachte. Sie setzten sich an den Esstisch und nahmen noch einen kleinen Snack zu sich, aber eigentlich hungerte es sie beide nach etwas anderem. Und dann konnten sie sich endlich wieder einander zuwenden. Sie zogen sich gegenseitig die Kleider aus und umarmten, küssten und liebkosten sich nach Herzenslust, als wären sie wochenlang getrennt gewesen. Die Nacht war wie eine wilde, schöne Musik aus tiefsten Empfindungen und Gefühlen, aus dem Strömen drängender Liebe, aus Schmachten und Begehren, dazwischen einem Feuerwerk an Höhepunkten und hernach dem sanften Plätschern gesättigter Lust mit Küssen und dem Austausch anderer Zärtlichkeiten. Zwischen den erregten Vereinigungen dehnten sich weite dunkle Seen süßen Beischlafs, wo einer des andern Körper spürte und streichelte, bevor er in abgrundtiefen Schlummer gemeinsamen Vergessens sank. Zeitlose Phasen seliger Vereinigung wechselten so mit tiefster Sehnsucht und heftigstem Verlangen und mit den beseligenden Wogen von Begehren, Verschmelzung und Erfüllung.

Als der Morgen graute, flammte neue Lust in ihnen auf. Jetzt liebten sie sich in anderer Weise als bisher. Aidan umfasste von Sabines Rücken her ihre Brüste und drang von hinten in sie ein. Nach jeder neuen Vereinigung sanken beide wieder in den seligen, schweren Liebesschlaf, der so unendlich süß ist, weil er noch ein halb träumendes Verweilen im Anderen ermöglicht. Gegen Mittag wurden sie dann wieder wach und hatten fürchterlichen Hunger. Sie lachten und küssten sich und blieben beim Küssen fast schon wieder aneinander hängen.

„Mir zittern die Knie", sagte Sabine, „ich könnte jetzt einen halben Ochsen verputzen."

„Lass uns essen gehen, dann müssen wir nicht kochen", schlug Aidan vor.

Sabine war einverstanden. Sie machten sich schnell fertig und verließen zusammen das Haus.

DIE WIRKLICHKEIT SIEHT ANDERS AUS

Als sie gegessen hatten, kehrte der alte Hunger nach körperlicher Vereinigung zurück. Sie setzten sich ins Auto und fuhren zum Höchsten hoch. Dort tranken sie im Gasthof Kaffee und aßen jeder ein Stückchen Kuchen. Dann fuhren sie nach Osten Richtung Ringgenweiler und Schmalegg weiter und suchten sich ein schönes Plätzchen im Grünen. Dort liebten sie sich heftig und voller Verlangen und saßen danach eng umschlungen im Gras.

„Erzähl mir etwas von dir und deiner Familie", bat Sabine, „ich weiß so wenig über dich."

Aidan küsste sie zärtlich und sah ihr in die Augen. „Was ich zu erzählen habe, wird anders sein, als du es dir je vorstellen könntest", sagte er.

„Das habe ich schon gespürt", lachte Sabine, „und bin auf alles gefasst."

Aidan legte sich zurück ins Gras, verschränkte die Hände unter seinem Kopf und schaute in den Himmel. „Woher ich komme", begann er, „weißt du ja schon. Doch ich muss etwas weiter ausholen. Mein Vater hieß Tom und war Ire. Die Frau seines Lebens war jedoch kein Mensch, sondern gehörte dem Meervolk an. Ihr nennt solche Wesen Nymphen oder Undinen."

Sabine beugte sich über ihn und schaute ihn an. „Das ist jetzt nicht dein Ernst, oder?", fragte sie.

„Doch", lächelte Aidan.

„Und weiter?", drängte Sabine.

„Mom hatte meinen Vater wochenlang immer wieder am Ufer sitzen sehen und war neugierig auf ihn geworden. Eines Tages schwamm sie in Robbengestalt ans Ufer und verwandelte sich in eine Menschenfrau, und da sie als eine der schönsten Töchter Ranas galt, war sie natürlich auch als Mensch wunderschön. Sie stieg an Land, umarmte meinen Vater und wurde seine Ehefrau. Die beiden lebten wie ein ganz gewöhnliches menschliches Ehepaar zusammen, Mutter nahm den Frauennamen Finnabair an und gebar zwei Kinder, zuerst mich und zwei Jahre später meine Schwester Deirdre. Was keiner in der Familie wusste und Mutter verdrängt hatte, war aber ihre Vorgeschichte im Meer."

Aidan drehte sich auf die Seite zu Sabine hin und blickte sie an.

„Nichts da", sagte Sabine und lachte, „jetzt wird erst fertig erzählt."

„Gut. Die Vorgeschichte war, dass meine Großmutter lange zuvor von meiner Urgroßmutter Ran einem Okeaniden-Prinzen versprochen worden war, den Mutter aber nicht wollte. Als sie sich beharrlich gegen die mütterliche Entscheidung wehrte, forderte ihre Mutter, dass sie dann ihre erstgeborene Tochter dem Prinzen zur Frau geben müsse. Meine Großmutter willigte ein, um von ihrer Mutter und dem Prinzen in Ruhe gelassen zu werden. Sie tat das in mädchenhafter Unwissenheit, denn sie hatte keine Ahnung, wie sich das mit eigenen Kindern anfühlt.

So kam meine Schwester Deirdre mit ins Spiel, lange ehe sie geboren wurde. Mutter lernte also Dad kennen, heiratete ihn und bekam nach und nach zwei Kinder, mich und meine Schwester Deirdre. Als sie ihre Tochter dann im Arm hielt, überblickte sie erst das ganze Ausmaß ihrer Zusage an den Prinzen. Doch jetzt war es wieder eine Zeit lang still und alle vergaßen die leidige Abmachung – nur natürlich der Prinz nicht. Als Deirdre 18 Jahre alt war, erfuhr sie erstmals die ganze Geschichte. Oqueran hielt nun um *ihre* Hand an, doch sie wies des Prinzen Werbung so heftig zurück, dass dieser fassungslos und sehr wütend war. Deirdre hatte da gerade ihren ersten Freund, Finn, den sie sehr liebte.

Oquerans Werben wurde nun immer drängender, je länger und heftiger meine Schwester ihn ablehnte. Deirdre war ja ein Mensch und ließ sich nicht ohne eigene Mitsprache verplanen. Oqueran scherte das nicht im Mindesten, im Gegenteil, er bestrafte sie grausam für ihre ‚Aufsässigkeit' und belegte sie auch noch mit einem Bannfluch. Bei der Heimfahrt vom Baden im Meer stürzten Deirdre und ihr Freund mit dem Wagen in einen Abgrund, weil der Prinz das Ufer unterhöhlt hatte, so dass die ganze Uferstraße zusammenbrach und abriss, als das Auto darüberfuhr. Meine Schwester und ihr Freund lagen unten zerschmettert, doch Deirdre war nicht nur Mensch, sondern durch unsere Mutter auch Nymphe, und diese sind nicht auf solche Weise sterblich. So konnte Deirdre durch ihre starken Lebenskräfte Form, Seele und Geist zusammenhalten und eine Art ‚Lebensmensch' erschaffen und bewahren, der ihr äußerlich aufs Haar glich. Zwar musste sie in einer Zwischenwelt verweilen, sie konnte jedoch ‚Ausflüge' sowohl in unsere Alltagswelt, als auch in die Anderswelt hinein unternehmen.

Der Bannfluch des Prinzen aber bestand zusätzlich aus einem Ultimatum: Sie hatte binnen eines Jahres, eines Monats, einer Woche und eines Tages einen Mann zu finden, der sie lieben und heiraten würde, sonst müsste sie endgültig des Okeaniden Leben im Meer teilen."

„Und?", fragte Sabine gespannt. „Fand sie?"

„Ja", antwortete Aidan, „doch der Okeanide hielt sich nicht an die Vereinbarung. So, wie er meinen Freund Finn in Sligo getötet hatte, ließ er auch Deirdres zweiten Verlobten, Heiner, der ebenfalls einer meiner Freunde war, sterben."

„Wie geschah das?", fragte sie.

„Wir lebten zu fünft in Nussdorf unten, also Deirdre, Heiner, dessen

Schwester Katharina, eine Freundin aus Irland und ich. Ich erfuhr durch meine Mutter von Oquerans Plan. Er hatte abermals einen Bannfluch gewoben und ausgesprochen: Nach Heiners Tod musste Deirdre im wiederum selben Zeitraum wie zuvor einen neuen Liebhaber finden, der sie ehelichen wollte, doch diesmal sollte sie in die Zwischenwelt verbannt bleiben. Der Prinz unterlief also die bereits erfüllten Abmachungen und unterwarf Deirdre ein weiteres Mal seinen Bedingungen. Heiner wurde in Deirdres Zimmer, das sie in einem Landgasthof oberhalb des Deggenhauser Tals gemietet hatte, ermordet."

„Von Oqueran?"

„Indirekt. Der Prinz weilte früher hauptsächlich in den Salzwasserregionen der Erde und lebt seit einiger Zeit weit im Westen in einen Geysir verbannt, aber er sandte eine befreundete Harpye, welche Heiner in Deirdres Gestalt auflauerte und ihn nach der vermeintlichen Hochzeitsnacht in Deirdres Bett zerriss."

„Das ist ja schrecklich!", rief Sabine entsetzt aus. Und dann – skeptisch: „Kannst du mir die Geschichte irgendwie belegen? Für mich klingt sie nämlich völlig unwirklich und märchenhaft. Auch alle diese Wesen, von denen ich zum Teil noch nie gehört habe ..."

„Wir können es versuchen", antwortete Aidan. „Wir haben hier in der Gegend viele verschiedene Bäche und Flüsschen; da wird es für meine Mutter ein Leichtes sein, zu erscheinen, denn sie ist in den Salz- und in den Süßwassern zu Hause. Und du musst bei der ganzen Geschichte auch nicht umlernen, denn unsere Alltagswelt bietet sich nun einmal so dar, wie sie uns erscheint; du wirst aber zu dieser Wirklichkeit noch eine weitere dazu kennenlernen, die genauso real ist."

„Zuerst die Beweise", sagte Sabine. „Das Neue überrollt mich nämlich wie eine Lawine; da will ich doch wenigstens wissen, ob die Lawine echt ist oder ein Irrtum."

Aidan musste lachen. „Komm", sagte er, „lass uns nach der Lawine suchen."

Sie wanderten ein kleines Stück, bis sie an einen Bach gelangten. Aidan setzte sich ans Ufer und bat Sabine neben sich.

„Nun hängt es nicht mehr allein von uns ab, ob Mutter kommt", sagte er.

„Was muss ich dabei tun?", wollte Sabine wissen.

„Einfach nur ‚in die Richtung' meiner Mutter lauschen", antwortete Aidan.

Beide schlossen die Augen. Es dauerte nicht lange, bis Sabine die Anwesenheit einer starken Persönlichkeit spürte. Sie öffnete die Augen und riss sie dann vor Überraschung weit auf: Vor ihr stand eine zauberhaft schöne Frau im schimmernden Seidengewand und betrachtete sie freundlich.

Sabine sprang auf und wollte die Fremde grüßen, doch dabei versagte ihr die Stimme. Die Schöne schloss sie lächelnd in die Arme und strich ihr über den Rücken.

„Sei nicht beunruhigt, Liebes, ich bin Aidans und Deirdres Mutter. Ich kenne dich auch schon etwas länger als du mich. Da ich von ‚drüben' starken Anteil am Leben meiner Kinder nehme, bleiben mir auch deren Freunde und Geliebte nicht verborgen. Für dich gibt es also zurzeit mehr Neues zu verkraften als für mich."

Sie hielt Sabine sanft an beiden Armen und sah sie direkt an. „Du bist eine schöne Frau", stellte sie lächelnd fest, „ich freue mich, dass du und Aidan ein Paar seid."

„Darüber bin ich ebenso glücklich", stammelte Sabine.

Dann umarmte Finnabair auch ihren Sohn und hielt ihn lange im Arm. „Setzen wir uns doch", schlug sie vor. „Wir haben sicher einiges zu besprechen."

Nachdem sie sich im Gras niedergelassen hatten, nahm Finnabair das Wort wieder auf: „Es gibt da eine gewaltige Schicksalsklippe, die wir in nächster Zeit irgendwie heil umfahren müssen. Sie betrifft deinen Bruder Lothar und meine Tochter Deirdre. Die beiden sind vom Schicksal als Paar ausersehen, nur wissen sie das selbst noch nicht, aber meine Tochter wird bald sterben und ungewollt damit auch Lothars Tod verursachen. Der Okeanide, von dem dir Aidan vorhin erzählt hat, hat im Leben meiner Tochter einige ‚Fußangeln‘ aufgestellt. Dazu gehörte bislang, dass er Deirdres potentielle Liebhaber brutal aus dem Weg räumte, bevor sie noch richtige Ehemänner werden konnten. Oqueran ist von Tethys, Doris und meiner Mutter, den Herrinnen der Gewässer, zwar verbannt worden, doch seine Freunde sind zahlreich und führen noch immer aus, was er von ihnen verlangt oder sich wünscht. Und wir wissen auch nicht genau, welche Bannflüche er vor seiner Entthronung noch schnell gewoben und in die Welt gesetzt hat. Da wir Lothar nicht in ein Minenfeld schicken wollen, müssen wir sehr vorsichtig vorgehen und die Hilfe anderer Wesen erbitten. Für dich, Liebes, bedeutet das, dass auch du dich bald mit den Wesen der Anderswelt wirst vertraut machen müssen, damit du im Ernstfall Gut und Böse unterscheiden kannst.“

„Ich will gern alles tun, was Euch und den Euren dient!“, sagte Sabine.

„Ich weiß“, sagte Finnabair und legte Sabine die Hand auf den Arm. „Und, Liebes, du musst lernen, dass die Wirklichkeit ganz anders ist, als du bisher annahmst, vor allem wesentlich vielfältiger und, ja, auch schöner.“

Sabine war aufgefallen, dass Aidan schon ein Weilchen starr hinter sie geschaut hatte, als ob es dort etwas Besonderes zu sehen gäbe. „Was befindet sich hinter meinem Rücken?“, fragte sie deshalb, ohne sich umzudrehen und ohne jemand Bestimmten anzusehen.

Finnabair nahm sie wieder in den Arm. „Du lernst schnell", sagte sie.

Sabine drehte sich halb um und erstarrte. Hinter ihr stand die wohl schönste Frau, die sie je gesehen hatte. Die schlanke aufrechte Gestalt war mit einem grün und blau schimmernden Seidengewand angetan, das ihre Reize mehr hervorhob als verbarg. Ihr dunkles Haar wallte in Locken über ihre Schultern. Doch dieses unglaublich schöne Gesicht! Sabine schien es, als hätte ein Künstler die Schönheit aller Menschenfrauen auf Erden zusammen in dieses eine Antlitz gelegt. Ihre dunklen Augen ruhten freundlich auf der Geliebten ihres Bruders. Sabine war aufgestanden und rang nach Worten.

Deirdre nahm Sabine einfach in den Arm und sagte: „Ich freue mich, Schwester, dass wir uns nun kennenlernen!"

Sabine war glücklich: Mutter und Schwester des Geliebten hatten sie so akzeptiert, wie sie war, und schienen mit ihrer und Aidans Verbindung einverstanden, ja sogar glücklich darüber zu sein! Jetzt merkte sie, dass sie die ganze Zeit vor Anspannung die Luft angehalten hatte und nahm einen tiefen Atemzug.

Finnabair und Deirdre warfen sich lächelnd einen Blick zu; es bedurfte zwischen ihnen keiner Worte, um sich zu verständigen.

„Wann soll Lothar dich kennenlernen?", fragte Sabine jetzt Deirdre.

„Anfang des nächsten Jahres", antwortete ihr Aidan. „Ich werde Lothar dabei sogar die Wahl lassen, ob er Deirdre näher kennenlernen will oder nicht."

„Und warum ist es für dich wichtig, dass Lothar um dich wirbt?", fragte Sabine, weiterhin an die Schwägerin gewandt.

Darauf antwortete ihr Finnabair: „Es befreit Deirdre endgültig von allen ausgelegten Fallstricken und Rachemaßnahmen des Okeaniden. Sie kann so gewissermaßen ihr zweites Leben als Mensch sicher verbringen. Wenn sie dann stirbt, hat sie alle Undinen-Anteile ihres

Wesens weitgehend umgewandelt, welche momentan für ihre menschliche Entwicklung eher ein Hindernis darstellen. Die Umwandlung kann nur unter dem Einfluss starker Liebe erfolgen. Ohne Liebe – keine Entwicklung, das ist das Gesetz der Erde."

„Und du, Mutter", wandte sich Sabine an Finnabair, „was macht dein Wesen aus? Bist du auch Mensch oder ausschließlich Nymphe?"

„Seitdem ich die Liebe eines Mannes erleben durfte und Kinder zur Welt brachte, habe ich sehr viel Seele empfangen, zunächst mehr wie von außen. Doch diese Seele nistete sich in mir ein, wuchs und wächst noch immer in mir weiter und ist ein Teil meines Wesens geworden. So ganz Mensch bin ich wohl noch nicht, ausschließlich Nymphe aber auch nicht mehr. Ich stehe auf der Entwicklungsstufe einer Sirene, bin aber nicht mehr an Gewässer gebunden, sondern kann mich genauso frei auf dem Land tummeln, was ebenfalls für einen höheren Rang spricht. Wenn meine Kinder in Sicherheit und verheiratet sind, werde ich mir wieder einen menschlichen Gemahl nehmen und die angefangene Entwicklung fortsetzen."

„Wirst du dann auch wieder Kinder haben?", fragte Sabine.

„Ganz sicher", antwortete Finnabair und lächelte versonnen.

„Ich muss wieder in die Zwischenwelt zurückkehren", sagte Deirdre, „lebt wohl, ihr Lieben, ich liebe euch." Sie umarmte alle und verschwand genauso still und unbegreiflich, wie sie sich zum Gespräch eingefunden hatte.

Sabine war fast ein wenig schwindelig vor so viel Unwirklichkeit. Oder war das die eigentliche Wirklichkeit? Auch Aidans Mutter musste sich verabschieden. Als sie nach ihrem Sohn auch Sabine umarmte, hielt sie diese lange im Arm.

Deine Tochter heißt Laërka", flüsterte sie ihr schließlich ins Ohr, „und sie ist sehr schön, genau wie ihre Mama."

Und plötzlich war das Empfinden von Finnabairs Armen um ihren Hals und auf ihrem Rücken nur noch wie ein Hauch, und als sie aufblickte, war Finnabair verschwunden.

„Laërka", sagte Sabine laut.

Aidan blickte sie fragend an. „So soll unsere Tochter heißen, sagte mir deine Mutter soeben."

Aidan machte große Augen. „Bist du denn schwanger?"

„Anscheinend schon, ich merke allerdings selbst noch nichts davon. Bisher kann ja höchstens ein Ei geweckt worden sein. Wie kann deine Mutter so etwas wissen?"

Aidan lachte. „Sie guckt ja nicht auf deine Eierstöcke, sondern sieht gleich die Seelen und anderen Wesen, die sich um uns herumtreiben."

„Uff", stöhnte Sabine, „es scheint so, als müsse ich noch gewaltig viel dazulernen. Was heißt Laërka eigentlich? Hat der Name denn eine besondere Bedeutung?"

Aidan dachte nach. „Ich kenne ihn nicht. Es gibt ein dänisches Wort, Laerke oder Lerke, an das erinnert er entfernt. Das ist aber kein Name, sondern ein Vogel, die Lerche."

Eng umschlungen wanderten sie zum Wagen zurück.

„Du, Aidan", sagte Sabine.

„Ja?"

„Deine Schwester ist der schönste Mensch, den ich je gesehen habe."

„Das sagen alle", lachte Aidan, „aber für mich bist du die Schönste."

Lothar erzählt

Mein Kumpel Aidan hat mir nun endlich doch seine Geschichte erzählt, oder richtiger, einen Teil davon. Und das kam so: Wir waren in dem kleinen Ort Lippertsreute zusammen in eine Kneipe gegangen und wollten irgendwie an der allgemeinen Fastnacht teilhaben. Da es draußen bei den Umzügen affenkalt war und wir hier im Ort keine Bekannten hatten, gedachten wir, uns via Kneipenbekanntschaft in irgendeinen Menschenkreis einzuschmuggeln. Doch dieses Projekt scheiterte, weil in der Beiz keine Feiernden saßen und wir nach dem fünften Bier allmählich andere Prioritäten setzten.

Aidan ist schon ein schräger Vogel, man weiß so gar nichts über ihn, und trotzdem ist er überall beliebt. Wir arbeiten seit einiger Zeit zusammen beim Gasthof ‚Ochsen‘ und ich verstehe mich saugut mit ihm. Nachdem ich ihn vor ein paar Monaten mit meiner Schwester Sabine bekannt gemacht hatte, dauerte es nicht lange, bis mein Schwesterlein bis über beide Ohren in ihn verliebt war. Sie war so was von verknallt, dass ihr erstes und letztes Wort am Morgen und am Abend immer ‚Aidan‘ und ‚Aidan‘ war. Zum Glück fand er sie auch toll, die Arme wäre ja ohne ihn elendig eingegangen.

Letzten Sommer wurden sie dann ein Paar, und was für eins! Wenn sie beieinander sind, ist ihre erotische Ausstrahlung so heftig, dass die Vögel tot von den Bäumen fallen. Na ja, ich kann's nicht besser beschreiben. Aber seit sie zusammen leben, ist Biene der glücklichste Mensch auf Erden und ich habe das Gefühl, sie ist noch schöner geworden, als sie schon war, und sie war bereits vor Aidans Zeit mit Abstand die schönste ‚Miss Bodensee‘, die es jemals gab. Aidan liebt sie ebenfalls ungewöhnlich stark; er bekommt schon glänzende Augen, wenn Sabine nur den Raum betritt. Vor einiger Zeit haben die beiden mir eröffnet, dass sie heiraten; Biene ist im 6. Monat schwanger. Sie wird garantiert eine tolle Mutter; das liegt bei uns in der Familie. Schade, dass unsere Mutter das nicht mehr erleben kann!

Nun, weshalb ich Aidan einen schrägen Vogel genannt habe, das hängt mit seiner Herkunft zusammen. Keiner weiß etwas über ihn, und wenn man ihn auszufragen versucht, bekommt man witzige Antworten, bei denen man sogleich merkt, dass er die Nebelwerfer angestellt hat. Er studiert in Konstanz, ja okay, aber mehr weiß ich nicht über ihn. Das ist deswegen schräg, weil wir ja quasi schon verschwägert sind. Wenn ich Sabine über ihn ausfrage, meint sie sehr diplomatisch, ich solle mich doch persönlich an ihn wenden.

Nach dem sechsten Bier an diesem Fastnachtabend nahm ich also erneut Anlauf, das Mysterium Aidan zu ergründen. Ich fragte ihn, wo er eigentlich herkomme, weil ich das immer noch nicht wisse und mir sein Schweigen über die eigene Person merkwürdig vorkomme.

„Ist eigentlich ein Geheimnis", sagte er, „aber für dich mache ich vielleicht eine Ausnahme."

„Das ist sehr nobel von dir", sagte ich, worauf er sich noch etwa fünf Minuten lang zierte, bevor er dann wirklich loslegte: „Ich bin in Irland zur Welt gekommen, aber das weißt du ja schon. Oder nicht?"

Es gab eine kurze Pause, weil wir jeder ein weiteres Bier bestellten.

„Allright", fuhr Aidan fort, „und jetzt wird es schwierig."

„Wieso denn das?", fragte ich.

„Weil ...", ein merkwürdiger Blick streifte mich, „mein Vater zwar Ire ist, meine Mutter jedoch von ganz woanders herkommt."

„Ja, woher denn?", fragte ich unbefangen.

„Lachst du mich aus, wenn ich's dir anvertraue?"

„Nie und nimmer", beteuerte ich.

„Meine Mutter kommt aus dem Meer", erzählte er weiter.

Ich schluckte.

„Mein Vater stammt aus Connaught und ist in der Nähe von Sligo zur Welt gekommen. Ich erspare dir seine Biographie und setze gleich dort ein, wo er meine Mutter kennenlernte. Da saß er nämlich eines Tages am Meer und blickte in die Ferne, was er damals oft tat, weil er gern ausgewandert wäre. Wie er so vor sich hin träumte, kam eine Gruppe Seehunde in seine Nähe geschwommen und einige der Tiere starrten ihn an. Mein Vater begrüßte sie und sagte, er freue sich, sie zu sehen. Sie spielten eine Weile im Wasser vor ihm herum, dann schwammen sie wieder davon. Das wiederholte sich auch bei seinem nächsten Besuch an der Bucht. Irgendwie wurden er und die Tiere so gut bekannt miteinander, dass er in der Folge täglich zum Ufer ging und mit den Seehunden sprach. Eines Tages, als die Schar sich wieder davonmachte, blieb eines der Tiere zurück und schwamm auf ihn zu ins seichte Wasser. Dort verwandelte es sich in eine wunderschöne Frau, die aus dem Wasser stieg, auf meinen Vater zuging und ihn in die Arme nahm. Er brachte sie heim und kurze Zeit später heirateten sie."

„Ja, und dann?", fragte ich.

„Sie blieb bei ihm, bis meine Schwester und ich geboren waren, also zuerst ich, dann meine Schwester. Als Deirdre tödlich verunglückte, verließ Mom meinen Vater und mich und kehrte ins Meer zurück."

„Wie alt warst du da?", wollte ich wissen.

„So um die 20."

„Und wie ist deine Schwester verunglückt?"

„Deirdre war gerade mal 18 und hatte einen Freund. Mit ihm ist sie bei einem Autounfall ums Leben gekommen. Das hat meine Mutter nicht verkraftet."

Da wir bereits am achten Bier waren, wunderte mich an seiner Geschichte nichts mehr. Ich hätte ihm sogar abgekauft, wenn seine Mutter ein Alien gewesen und vom Mond gekommen wäre.

„Hast du ein Bild von deiner Schwester?", fragte ich ihn.

„Das ist ja das Merkwürdige", antwortete er, „dass von meiner Mutter und Schwester alle Bilder verschwanden, als sie uns verließen."

„Wie das denn?", fragte ich nach, „hat dein Vater sie weggeräumt?"

„Eben nicht", antwortete Aidan. „Der suchte genauso nach ihnen wie ich. Als Deirdre tot war, verschwanden einfach alle Bilder von ihr. Und kurz darauf passierte dasselbe mit Mutters Bildern."

„Schon komisch", stimmte ich zu.

Wir saßen eine Weile schweigend da, dann sagte er: „Das ist aber nicht alles:"

„Was geschah denn noch?"

„Jetzt wird es noch mysteriöser, weshalb habe ich die Geschichte nie erzählt habe."

„Du machst mich neugierig", nuschelte ich, weil ich ab dem neunten Bier immer mit Sprachschwierigkeiten kämpfe. Hätte ich gewusst, was ich mit meiner Fragerei lostrat, hätte ich nicht nur die Klappe gehalten, sondern wäre auch noch auf dem kürzesten Weg davongelaufen. So aber blieb ich völlig ahnungslos sitzen.

„Nach Deirdres Hingang bin ich meiner Schwester noch oft begegnet ..."

„Wie bitte?!", platzte ich ihm ins Wort. „Du hast doch gerade gesagt, deine Schwester sei tödlich verunglückt."

„Richtig", stimmte er zu, „du hast tatsächlich mal achtgegeben. Ich erkläre es dir später, versprochen. Also, ich bin Deirdre noch öfters begegnet, und einmal machten wir sogar zusammen eine Reise an die Nordsee. Außerdem traf ich auch schon mehrmals meine Mutter, seit sie fortging."

Ich überschlug unsere Menge an genossenem Getränk, verglich sie mit dem Inhalt von Aidans Story und dachte nur: ‚Komisch, so blau sind wir doch noch gar nicht.' Da Aidan diesmal aber nicht zu witzeln schien, war das alles wohl ernst gemeint. Oder hörte ich ab … na ja, ziemlich vielen Bieren plötzlich so etwas wie akustische Fata Morganas?

„Bist du dir sicher?", wandte ich mich ihm wieder zu.

„100 Pro", erwiderte er müde. Nach einer Weile fuhr er fort: „Ich wollte nur hören, was du dazu meinst."

Und was meinte ich dazu? Das wusste ich selbst noch nicht. Ich war immer noch am Schlucken und Verdauen der Fakten.

„Du glaubst mir nicht, gelt?", bohrte Aidan nach. „Aber ich kann es dir beweisen."

Ich schluckte trocken, danach bestellten wir noch ein paar Flaschen Bier. Die Fastnacht war vergessen und plötzlich sehr fern gerückt.

„Du kannst es *beweisen*?", fragte ich verdattert.

„Morgen, wenn wir wieder nüchtern sind", versprach Aidan und schwieg dann.

Danach haben wir uns noch einige Zeit lang über belanglosere Dinge unterhalten; doch die sind mir entfallen. Ich weiß nur noch, dass es schwierig war heimzukommen; muss wohl am Gegenwind gelegen haben.

LOTHAR TRIFFT DEIRDRE

Was bin ich für ein Narr! Verführt von Aidans Andeutungen und meiner eigenen, dadurch geweckten Neugier, trafen wir uns am folgenden Abend bei ihm zu Hause im Deggenhauser Tal. Sabine freute sich, mich zu sehen. Sie sah bezaubernd aus. Ich dachte: ‚Was ist der Kerl für ein Glückspilz, so eine schöne Frau zu bekommen!'

Aidan klopfte mir auf die Schulter und sagte, er sei froh, dass ich ihm geglaubt habe. Dabei täuschte er sich gewaltig, denn je weiter mein Alkoholpegel abgesunken war, desto weniger hatte ich diese abstruse Geschichte für realistisch gehalten, im Gegenteil. Mittlerweile neigte ich eher dazu, Aidan entweder als – wie soll ich sagen? – als Spinner mit einem dicken Sprung in der Schüssel einzuschätzen, oder zu akzeptieren, dass er mich wieder einmal vergackeiert hatte. Das war gar nicht bös gemeint, sondern einfach nur logisch gedacht. Die Möglichkeit, dass was dran sein könnte, zog ich nicht in Erwägung – nicht im Entferntesten.

„Ich muss dich aber warnen", bereitete Aidan mich auf etwas vor, von dem ich noch nichts ahnte, „ich habe dir ja gestern von meinem Vater erzählt und davon, wie er meine Mutter kennenlernte. Meine Mutter gehörte zu einem der zahlreichen Seevölker; hier würdet ihr sie Nymphen oder, bei etwas anderer Entwicklungsstufe, Undinen oder Nixen nennen. Die Wasservölker sind enorm wandlungsfähig, sie können jede menschliche wie tierische Gestalt annehmen, bleiben dabei aber immer sie selbst; und sie sterben nicht. Deswegen ist auch meine Mutter niemals gestorben, sondern in die Anderswelt zurückgekehrt, wo ihre gesamte Verwandtschaft lebt und von wo aus sie auch Deirdre in der Zwischenwelt aufsuchen kann."

„Dann ist auch deine Schwester gar nicht tot", vermutete ich kühn.

„Du hast es erfasst. Die Kinder von Bewohnern der Anderswelt sterben eben nicht so einfach wie Menschen. Ihr sterbt und werdet dabei in der Anderswelt geboren, wo ihr dann ja auch erwacht. Bei eurer Geburt ist es umgekehrt, da sterbt ihr in der Anderswelt und werdet hier geboren. Soweit klar?"

„Ich denke schon", antwortete ich, „Aber wie verlaufen Geburt und Tod dann bei den Kindern von Nymphen?"

„Ja, da findet eine Art von Doppelleben statt: Dazu musst du wissen, dass die Anderswelt verschiedene Bereiche hat, also so etwas wie ‚Länder', zum Beispiel das ‚Land des Lebens', das ‚Land der lebenden Seelen', die ‚Insel der Seligen' und viele andere. Diese Namen finden sich noch in der irischen Mythologie. Während unser Ich beim Sterben dasselbe durchmacht, was Menschen normalerweise erfahren, bleibt uns unsere starke Lebensorganisation erhalten, während die eure zerfließt. Du gibst dein Leben nach etwa drei Tagen an das Leben der Erde zurück; ich gebe mein Leben geformt weiter, es zerfließt nicht. Verstehst du?"

„Erinnert vom Schwierigkeitsgrad her an Prüfungsfragen beim Abitur, wo ich auch nie durchblickte", murrte ich.

Aidan lachte. „Das macht nichts. Aber etwas anderes solltest du dir ganz klar machen: Die Bewohner des Meeres üben eine große Anziehungskraft auf Menschen aus. Du hast doch mal die Sagen von Odysseus gelesen, oder?"

„Ja. Warum?"

„Erinnerst du dich noch, was Odysseus unternahm, damit er dem Gesang der Sirenen widerstehen konnte?"

„Ich glaube, er verschloss seine Ohren mit Wachs, stimmt das?"

„Ja, das war aber nicht alles: Er ließ sich von seinen Männern an den Mastbaum seines Schiffes binden und schärfte ihnen zusätzlich ein, ihn unter keinen Umständen loszuschneiden, wenn er sie auch noch so sehr darum anflehen würde."

„Er wollte auf Nummer Sicher gehen, was?", flachste ich.

Aber Aidan widersprach: „Nein. Die Sage zeigt dir nur, was passiert, wenn du den lieblichen Meerwesen begegnest. Und das ist bei deren Töchtern auch nicht viel anders. Dazu kommt noch: Die Wasserwesen können erscheinen und verschwinden; du dagegen bist auf der Erde fest angebunden. Verlässt dich eine Nymphe, so verzehrst du dich nach ihr, denn du kannst ihr nicht folgen."

„Ach, darüber mach dir mal keine Sorgen", lachte ich.

Aidan sagte: „Sorgen solltest eher du dir machen. Aber egal, wir versuchen es."

Sabine hatte unser Gespräch sehr ernst verfolgt, und das war, wenn man sich den Inhalt des Gesprächs vergegenwärtigt, so ungewöhnlich, dass mir angst und bange wurde. Sabine konnte sonst groteskes Zeug hervorragend verhohnepipeln, und was Aidan da erzählt hatte, war mehr als gaga gewesen. Die Tatsache, dass Sabine dabei ernst blieb, alarmierte mich. Entweder war sie von Aidan in so ein Sektenzeug mit reingezogen worden, dass sie jetzt gehirngewaschen reagierte, oder aber mir standen harte Zeiten bevor.

„Wir versuchen es", wiederholte Aidan, wie um sich selbst Mut zu machen, und das nahm mir meinerseits ziemlich viel von meinem. Er verabschiedete sich zärtlich von Sabine und flüsterte ihr etwas ins Ohr, worauf sie lachte.

„Versuchen? Was?", fragte ich.

„Komm mit", antwortete er, statt auf meine Frage zu antworten und führte mich von seinem Haus weg Richtung Wald. Dort folgten wir einem Wildwechsel, der im abnehmenden Licht gerade noch erkennbar war.

„Wir hätten Taschenlampen mitnehmen sollen", sagte ich. Aidan legte den Finger auf die Lippen und gebot mir zu schweigen. Da wurde mir echt mulmig zumute.

Der Pfad führte uns zu einer Quelle, die einen Bach speiste. Das Licht nahm ab. Es lag eine Stimmung über dem Wald, die mir Angst machte. Ich bin kein Hasenfuß, aber der Ort war unheimlich. Ich bekam eine Gänsehaut über den Rücken. Als wir näher zu der Quelle kamen, huschte ein Rudel Rehe davon. Nur eines blieb stehen und sah uns entgegen. Aidan ging darauf zu, und ich erwartete, dass es in wilder Flucht seinen Artgenossen folgen würde; doch es blieb immer noch stehen und machte sogar kleine Schritte auf Aidan und mich zu. Er sagte leise: „Deirdre!" Und damit begann der Spuk.

Das Reh verschwand vor meinen Augen und an seiner Stelle stand eine Frau in fließendem grünem Seidengewand. Bruder und Schwester begrüßten einander ohne sich zu berühren, dann zog Aidan mich am Arm ganz zu sich heran und stellte mich vor: „Dies ist Lothar, mein Freund." Dann schaute er mich an: „Und dies hier ist Deirdre, meine Schwester."

Deirdre begrüßte mich ebenfalls und sah mich ernst an. Ihr langes dunkles Haar wallte um ihre Schultern. Ich stand wie erstarrt. Sie war selbst im Halbdunkel wunderschön. „Er scheint schüchtern zu sein", sagte Deirdre an ihren Bruder gewandt und lächelte.

Da war's dann vollends um mich geschehen; ich spürte, wie meine Seele gleich einem Nebel zu ihr hinübergeweht wurde und ihr, ach so willig, entgegenflog. Zugleich schmerzte mich mein Herz von ihrer unglaublichen Schönheit. Plötzlich stand Aidans Hinweis auf Odysseus vor meinem inneren Auge, aber ich war an keinen Mastbaum gebunden und hatte auch kein Wachs in den Ohren; ich war diesem Wesen absolut wehrlos ausgeliefert.

Die Ereignisse jenes Abends und der sich anschließenden Nacht verschwimmen in meiner Erinnerung und viele Einzelheiten sind mir durcheinandergeraten oder ganz aus dem Gedächtnis verschwunden. Ich weiß nur noch, wie wir im zarten Licht des zunehmenden Mondes durch den Wald schlenderten, miteinander plauderten und dass sogar ich wieder sprechen konnte, trotz meiner anfänglichen Schockstarre. Deirdre bewegte sich anmutig wie ein Traum, plauderte ganz menschlich mit Aidan und mir und ihr Lachen perlte durch den Wald wie der Tau über die Gräser in den Auen. Ihr Haar floss um ihren Hals und wallte bei jedem Schritt in Wogen um ihre Schultern. Dann begann sie zu singen. Sie sang eigenartige, fremde Weisen, die mir eine Gänsehaut über den Rücken zogen und meine Sehnsucht bis zum tiefsten Schmerz steigerten. Ihre Melodien verwoben sich mit dem Silber des Mondes und den Schatten der Bäume zu geisterhaften Mustern und Schleiern, verwandelten sich vor meinem inneren Auge in gischtende Salzwogen, die gegen die Küste brandeten, lösten sich auf in perlendes Quellwasser, das ein Bachbett entlang strömte, über Stromschnellen tanzte, über Felskanten stürzte und sich mit Luft und Licht vermählte, so dass in Wasserstaub und Nebel leuchtende Farbenbögen erschienen.

Meiner Sinne nicht mehr mächtig, wollte ich nur noch eins werden mit diesem zauberhaften Wesen, wollte zum Klang ihrer Lieder werden, zum Rascheln ihres Gewandes. Ich flüsterte: „Deirdre" und blickte sie an, und wenn unsere Blicke sich trafen, meinte ich, keine Luft mehr zu bekommen. Wie viele Stunden wir so umhergewandert waren, weiß ich nicht mehr. Ich erinnere mich nur noch an die abgrundtiefe Sehnsucht in mir und dass der Schmerz ihrer überirdischen Schönheit mich zugleich beseligte und quälte. Als sie nach einer Zeit der Stille wieder zu singen begann, war es, als bräche etwas in meinem Innern. Ich holte noch einmal tief Luft und sank dann in schwerer Bewusstlosigkeit zur Erde.

Als ich wieder zu mir kam, lag ich auf dem Waldboden, jetzt aber neben einer Feuerstelle, an der ein ordentliches Feuer flackerte, und Aidan hockte mir gegenüber auf der anderen Seite desselben und legte gerade Holz nach. Als ich mich rührte, schaute er zu mir herüber und fluchte erleichtert.

„Ich dachte schon, du würdest mir abamseln[1]", sagte er, „viel hat ja nicht gefehlt."

„Was ist denn überhaupt passiert?", wollte ich wissen, weil ich die Erlebnisse der Nacht nicht mehr klar vor mir hatte.

„Na ja", meinte Aidan, „das Odysseus-Phänomen ..." –

„Was dann genau bedeutet?", wollte ich wissen.

„Es bedeutet, dass du weder die Ohren verstopft hattest, noch an einen Mast gebunden warst und auch deine Leibwächter nicht die drohende Gefahr erkannten."

„Und mein Leibwächter Aidan?", grinste ich ihn an.

„Na, der wurde ganz schön überrumpelt", lachte jetzt auch er. „Aber gut, es hätte schlimmer kommen können."

Ich erhob mich etwas steifgliedrig und klopfte mir den Waldboden von den Kleidern. Währenddessen löschte Aidan das Feuer. Dann gingen wir langsam zurück Richtung Heimat. Unterdessen begannen die Vögel in den Bäumen zu singen, und auf den Wiesen perlte der Tau von den Gräsern. Dabei war es doch gestern, als wir losfuhren, Februar und damit dicker Winter gewesen. Ich kam überhaupt nicht mehr mit. Plötzlich erinnerte ich mich vage an etwas. Ich blieb stehen und blickte Aidan an.

„Wo ist deine Schwester?", fragte ich.

Statt einer normalen Antwort fing Aidan an zu fluchen, und sein diesbezüglicher Wortschatz war beeindruckend.

„Was hast du denn?", fragte ich verblüfft.

„Du solltest sie vergessen, nicht nach ihr fragen", antwortete er schließlich. Doch dafür war es bereits zu spät und das wussten wir beide.

---

[1] sterben

DER TAG DANACH

Es war ein freundlicher Sonntagmorgen mit blauem Himmel und Sonne. Lothar war wie üblich früh aufgestanden und wollte seinen Arbeiten daheim nachgehen, so wie er es sonntags immer machte; doch er fand keine Ruhe. Deirdres Bild kam ihm wieder und wieder in den Sinn und machte ihn gegenüber dem Tag, der Sonne und dem blauen Himmel gleichgültig. Er quälte sich Stunde um Stunde bis zum Mittag durch, dann hielt er es nicht mehr aus, packte ein paar Sachen in eine Tasche, warf sie in den Kofferraum seines Wagens und setzte sich hinters Lenkrad.

Eine Viertelstunde später hielt er vor Aidans Haus und hupte. Nach einer Weile öffnete sich die Tür und Aidan und Sabine traten heraus.

„Hallo, willkommen!", sagten sie. Sie umarmten Lothar, und dem war plötzlich nach Heulen zumute.

Sabine sagte: „Ist schon okay, Lothar; wir wussten, dass du hier aufkreuzen würdest. Komm rein."

„Wie geht es dir?", fragte Aidan.

„Wie soll's mir gehen? Wer deine Schwester einmal gesehen hat, ist echt verloren. Wo ist sie?"

„In der Zwischenwelt", antwortete Aidan.

„Ach was, Zwischenwelt, Zaubereule, Hokuspokus! Sag mir, wo sie ist oder ich demoliere dir deine Bude!"

„Dito."

„Der Herr Student braucht mir auch nicht mit Chinesisch zu kommen."

„Das war Lateinisch."

„Herrgott nochmal! Aidan, sag' mir, wo ich Deirdre finden kann; ich mag ohne sie nicht mehr leben!"

„Sie kommt zum Mittagessen, Lothar", sagte Sabine.

Lothar fuhr herum und blickte seine Schwester an: „Kennst du sie denn?"

Sabine nickte. „Noch nicht lange, wir haben uns erst einmal getroffen." –

„Und?" –

„Was ‚und'?" –

„Ich meine, wie findest du sie? Wie ist sie so?"

Es klingelte an der Haustür.

„Wer kann das sein?", fragte Aidan halblaut, grinste dann und ging hinaus.

Lothar legte Sabine beide Hände auf die Schultern und sah sie eindringlich an: „Biene, ich muss diese wunderbare Frau wiedersehen. Ich …"

Die Tür ging auf und eine atemberaubend schöne Frau betrat das Zimmer. Sabine stieß einen kleinen Freudenschrei aus, war mit ein paar großen Schritten bei ihr und fiel ihr um den Hals. Die Frau umarmte Sabine und küsste sie auf die Stirn. Da trat eine zweite Schönheit ins Zimmer und ging lächelnd auf Sabine zu.

„Finnabair und Deirdre sind zum Mittagessen hier", sagte Aidan von der Tür her. Dann wandte er sich Lothar zu: „Darf ich dir meine Mutter und meine Schwester vorstellen? Die letztere kennst du ja schon flüchtig von letzter Nacht."

Lothars ganzer Elan war schlagartig dahin, er war mit einem Mal so schüchtern wie ein frisch verliebter Pennäler. Mutter und Tochter überspielten seine Verlegenheit, traten auf ihn zu und umarmten ihn herzlich.

„Du bist also Lothar, Sabines Bruder", sagte Finnabair. „Was machst du beruflich?"

„Ich bin studierter Landwirt, Waldwirt und Gärtner. Zurzeit bereite ich mich auch noch auf eine Meisterprüfung vor. Nebenher jobbe ich; da haben Aidan und ich uns kennengelernt."

„Das ist schön! So ein richtiger Urberuf", sagte Finnabair.

„Wo sind Deirdre und du euch begegnet?", fragte Sabine ihren Bruder.

„In einem Waldstück, wo ich mit Aidan unterwegs war."

„Und du warst dort zufällig auch unterwegs?", fragte Sabine Deirdre.

„Nein", antwortete die Angesprochene, „ich kam aus der Zwischenwelt. Ich wollte doch sehen, wie der Bruder jener Frau ausschaut, die mein Bruder liebt."

„Diese Zwischenwelt …", wandte Lothar schüchtern ein, „was habe ich mir darunter vorzustellen?"

Deirdres Mutter lächelte ihn an: „Du hast einfach nur ein unvollständiges Weltbild", sagte sie, „wenn du zu ihm noch die Bilder der Anderswelt hinzufügtest, könnte es vollständig werden. Diese Anderswelt nennt ihr das ,Jenseits', und das zeigt auch schon, wie weit entfernt euch diese Welt erscheint und wie wenig differenziert ihr sie seht. Nun, ein Teil dieser Anderswelt ist die Zwischenwelt, die du vom Schlafen her gut kennst, doch da hast du dir natürlich nie Gedanken darüber gemacht."

„Nein, das stimmt", räumte Lothar ein, „aber dass es eine richtige ,Welt' ist – wer hätte das gedacht? Könnt ihr das irgendwie beweisen? Entschuldigt, das heißt jetzt wirklich nicht, dass ich eurem Wort misstraue."

„Würde dich der Sinnenschein überzeugen?", fragte Deirdre und lachte ihn an.

„Sollte er doch", antwortete Lothar.

„Wollen wir uns nicht setzen?", fragte Sabine.

„Fein", sagte Aidan, „nehmt bitte alle Platz."

„Weil du es bist, wollen wir dir die Wirklichkeit kurz vor Augen führen. Wir sind gleich wieder da", sagte Finnabair, an Sabine gewandt, und – war fort.

Lothar sah sich um. Doch auch Deirdre war weg. Lothar rieb sich die Augen und blickte sich weiter im Zimmer um, doch da war nichts.

„Du siehst, die Wirklichkeit ist doch ein wenig anders als du denkst", sagte Finnabair lächelnd und saß wieder am Tisch, und auch Deirdre stand wieder an ihrem Platz, von wo sie zuvor scheinbar verschwunden war.

„Uff!", sagte Lothar und musste sich erst einmal setzen. „Ich werde noch viel lernen müssen."

„Ist doch gut, gerade wenn man einen solchen Beruf hat wie du", meinte Finnabair.

Jetzt setzte sich auch Deirdre; Sabine und Aidan gingen in die Küche und trugen Essen und Trinken auf. Lothar konnte sich nicht entsinnen, jemals solch eine fröhliche und herzliche Gemeinschaft erlebt zu haben. Die Zeit flog unbemerkt dahin. Irgendwann brachen sie alle zu einem Spaziergang auf, der sie in einsame Täler und auf waldige Höhen führte. Und bald wanderten Lothar und Deirdre allein nebeneinander her und unterhielten sich angeregt miteinander. Lothar kannte viele Pflanzen und erzählte begeistert von ihnen.

Deirdre, die mit den Wesen der Pflanzen direkt kommunizieren konnte, fand das irgendwie kindlich-süß und schwieg. Als die Dämmerung hereinbrach, machten sie kehrt und kamen schließlich bei Nacht vor dem Haus an, wo Sabine und Aidan wohnten. Beim Abschied gaben sich Lothar und Deirdre einen scheuen Kuss.

DER ANSCHLAG

Der Schloss-Geysir befindet sich im oberen Geysir-Becken des Yellowstone-Nationalparks, welcher sich über drei Länder erstreckt: Sein weitaus größter Teil liegt in Wyoming, kleinere Teile in Montana und Idaho. Die Springquelle ist tief eingebettet in die Festlandmasse des nordamerikanischen Kontinents und damit fern von allen Meeren. Alle 10–12 Stunden jagt sie für etwa 20 Minuten einen heißen Wasserstrahl bis zu 27 Meter hoch in die Luft, danach zischt 30–40 Minuten lang nur noch reiner Wasserdampf empor.

In ihrem Innern findet ein eigenartiges Schauspiel statt, an welchem Salamander, Undinen, Sylphen und Gnome beteiligt sind. Für den Okeaniden-Prinzen, der in dieses Loch verbannt worden war, stellte es die schlimmste denkbare Strafe dar: Statt der Weite des Ozeans die Enge des Schlotes, statt anständig kaltem Salzwasser die heiße Brühe des Geisers, statt des beruhigenden Gefühls strömender Fluten das nervöse Gezische der Springquelle. Oqueran war verzweifelt und wütend. Zwar hatte er seine Unsterblichkeit teilweise eingebüßt, doch war sein Zorn noch immer von elementarer Gewalt und konnte in der Welt schlimme Verwüstungen anrichten. Und er hatte auch noch viele Freunde. Gänzlich hilflos war er also nicht.

Die erste, die ihn besuchen kam, war die Harpyie Armorika. In einer der Ruhezeiten des Geysirs jagte sie im Sturzflug in den Geysir-Schlot hinab und erschien in ihrer ganzen Schönheit vor dem Prinzen.

„Pfui, wie es hier stinkt", sagte sie statt einer Begrüßung.

„In diesem Loch werde ich bis ans Ende meiner Tage gefangen sein", nörgelte Oqueran.

„Und Tethys, deine Mutter …?", fragte Armorika.

„Sie war es ja, die mich verbannt hat", knirschte der Prinz. „Aber was führt dich zu mir?"

Die Harpyie lächelte. „Ihr Männer seid doch so was von vergesslich! Hattest du mir nicht etwas versprochen?"

„Was wäre das gewesen?"

„Du wolltest mit mir schlafen und mir deinen Samen schenken. Ich will noch immer eine Tochter, und der Samen von Menschen ist zu schwach für mich."

„Gut, wir haben etwa acht Stunden Zeit, dann muss ich mich wieder an dem lächerlichen Tanz der Springquelle beteiligen."

Die Harpyie verwandelte sich in eine besonders verlockende Sirene, weil sie dachte, das könne den Prinzen gebührend anfeuern, dann fielen sie heftig übereinander her.

An diesem Tage hörten die zahlreichen Besucher des Yellowstone-Nationalparks, die um den Schloss-Geysir herumwanderten und die Landschaft fotografierten, ein merkwürdiges Rumpeln, Krachen, Stöhnen und Zischen aus dem Geysir-Schlot und sahen zwischendurch sogar kleine Dampfsäulen aufsteigen, die sie sich nicht erklären konnten. Zahlreiche Touristen und einige Ranger meldeten das Phänomen der Parkbehörde, die sich aber ebenfalls keinen Reim darauf machen konnte.

Als der Prinz und die Harpyie sich fünf bis sechs Stunden lang richtig ausgetobt hatten, gingen sie es ruhiger an. Armorika nahm wieder ihre eigene Gestalt an und zeigte sich sehr zufrieden mit dem Ergebnis ihrer Vereinigung.

„Endlich einmal wieder richtiger Samen", sagte sie. „Schade nur, dass ich dich nach der Vereinigung nicht zerreißen durfte."

„Perverses Weib", sagte der Prinz.

„Was die Götter mir zugedacht haben, ist nicht pervers", erwiderte Armorika säuerlich.

„Du hast recht", lenkte Oqueran ein; dann fuhr er schmeichelnd fort: „Würdest du mir noch einen weiteren Gefallen tun?"

„Was soll's denn diesmal sein?"

„Wenn die mir einst versprochene Deirdre sich einen weiteren Liebhaber nähme ..."

„Halt!", unterbrach ihn die Harpyie scharf. „Du weißt schon, dass ich meine Unsterblichkeit einbüßen würde, wenn ich einen unberechtigten Mord für dich beginge? Schau doch, was sie mit dir gemacht haben!"

„Du hast ja recht. Aber vielleicht kennst du jemanden, der es statt deiner tun könnte?"

„Ich werde mich umsehen. Ui, ich spüre schon eine Tochter in mir! Jetzt brauche ich unbedingt frische Luft. Ich werde versuchen, dir bei deinem Wunsch behilflich zu sein, und ich komme dich auch wieder besuchen. Leb wohl!"

Damit flog Armorika davon, und Oqueran bereitete sich auf die nächste Eruption der Springquelle vor.

Die Harpyie flog nach Europa und bis in die Ägäis und landete im Südosten der Insel Samothrake. Sie erinnerte sich vage daran, dass dort in den Höhlen des Mondgebirges eine der drei Gorgonen hauste, ein schreckliches Wesen, bei dessen Anblick jeder Sterbliche zu Stein erstarren müsste. Sie überflog das Gebirge kreuz und quer und fand schließlich die Gorgone Stheno, die sich auf einem felsigen Hang sonnte. Sie hatte riesige Flügel und auf ihrem Haupte ringelten sich statt der Haare, wie andere Wesen sie tragen, Scharen schwarzer Giftschlangen. Die Gorgone blickte nur kurz zu Armorika hin.

„Sieh da, eine Harpye", sagte sie.

„Sei gegrüßt, Stheno", säuselte die Harpyie. „Wie geht es dir?"

Die Gorgone warf Armorika einen scharfen Blick zu, der jeden Menschenähnlichen sofort hätte erstarren lassen.

„Was willst du?", fragte sie.

„Vielleicht einen Gefallen?", antwortete die Harpyie.

„Was erhalte ich dafür?", fragte die Gorgone.

„Was willst du haben?", fragte Armorika.

„Deine erstgeborene Tochter", antwortete die Gorgone.

Die Harpyie stieß einen schrillen Schrei aus und erhob sich wieder in die Lüfte. Die Gorgone blickte ihr nach und lachte.

Nun musste die Harpyie sich wohl oder übel nach einem anderen Wesen umsehen. Das war schon deswegen schade, weil die Gorgone den neuen Liebhaber der Ran-Enkelin nicht einmal hätte töten müssen; es hätte völlig genügt ihn anzusehen, und keiner von ihnen wäre eines Mordes schuldig geworden. Doch das war bedauerlicherweise danebengegangen.

Jetzt erinnerte sich Armorika an die Chimäre Leontarina. Die war sogar noch älter als die Gorgone. Als Gaia sich in Urzeiten mit Tartaros vermählt hatte, gebar sie ihm die beiden Kinder Echidna, die große Meeresschlange mit dem Menschenhaupt, und den geflügelten Drachen Typhon mit den 100 Köpfen und mit Schlangenfüßen. Aus der Ehe Typhons mit Echidna ging unter anderen auch die Chimäre Leontarina hervor. Sie hatte den Kopf einer Löwin, den Leib einer Ziege, den Schwanz eines Drachen und konnte Feuer speien. ‚Ich werde Leontarina aufsuchen', dachte die Harpyie und flog nach Nordwesten zu der Insel Thassos. Dort fand sie nach kurzem Suchen die Chimäre.

„Du siehst ungeachtet deiner Jahre immer noch jung und verführerisch aus", begrüßte Armorika die Chimäre.

„Was verschafft mir die Ehre, Götterbotin?", fragte die Chimäre.

„Ein Mensch soll getötet werden", antwortete Armorika.

„Was hat er verbrochen?", fragte die Chimäre.

„Oh, das ist eine verwickelte Geschichte. Ein Okeaniden-Prinz, dem die einst versprochene Gemahlin von diesem Menschen streitig gemacht wird, fordert Rache und will seinen Tod."

„Und wo liegt der Haken, dass du nicht selbst die Aufgabe übernimmst?"

„Die Herrscherinnen der Meere haben es mir unmöglich gemacht. Ich bat deshalb schon die Gorgone Stheno auf Samothrake um Hilfe, doch sie forderte als Gegengabe meine Tochter."

„Verzage nicht", sagte die Chimäre Leontarina, „Stheno schuldet mir noch einen Dienst; den trete ich dir gerne ab, doch du musst mir dafür etwas bringen."

„Und was verlangst du dafür?", fragte die Harpyie.

„Mein Bruder Ladon bewacht auf den Seligen Inseln den Baum der Hesperiden. Auf ihm wachsen die Goldenen Äpfel der ewigen Jugend. Bringe mir drei dieser Äpfel, und ich werde die Gorgone Stheno benachrichtigen, dass du über sie verfügen darfst."

„Und wenn ich mich zum Apfelraub bindend verpflichte, kann ich dann auch schon zuvor die Dienste der Gorgone in Anspruch nehmen?"

„Das geht, wäre aber nicht gut", sagte die Chimäre.

„Den Segen der Götter über dich", rief die Harpyie und schwang sich wieder in die Lüfte.

Die Chimäre Leontarina lachte, als sie ihr nachblickte.

„Das kommt davon, wenn man Privatinteressen dient, dann verliert man den Überblick über das Ganze", murmelte sie und ringelte ihren Drachenschwanz.

Das Komplott fliegt auf

Die Harpyie Armorika flog jetzt zu den Seligen Inseln; dafür brauchte sie gerade so viel Zeit wie in einen schlanken Augenblick hineinpasst. Doch dort ging dann die große Sucherei los, und das dauerte länger.

Ladon, der Bruder der Chimäre Leontarina, hatte die Gestalt eines Drachen, jedoch nicht nur mit einem einzigen Kopf, sondern mit hundert Köpfen. Schon seit einigen tausend Jahren bewachte er auf Befehl der Göttermutter den Baum der Hesperiden. Die letzteren sind ihrem Wesen nach Nymphen und stehen mit den Nereïden und Undinen der Meere und Quellgewässer in engem Kontakt. Da Ladon von grüner Farbe war, fiel er auf den Seligen Inseln nicht sonderlich auf, obwohl er sehr groß war. In Alltagskategorien ausgedrückt, maß er etwa 5.000 Meter an Höhe und war auch entsprechend breit. Da aber fast alles auf den Inseln grün war, konnte die Harpyie ihn nicht sogleich ausmachen. Sie flog zuerst kreuz, dann quer über das Gelände. Erst beim 21. Querflug erblickte sie ihn, mehr zufällig, weil er gerade niesen musste und dabei aus Versehen etwas Feuer spie. Sogleich verbarg sich Armorika im allgegenwärtigen Grün und verwandelte sich in eine Elfe.

Aus einem Gebüsch heraus beobachtete sie Ladon, der unentwegt die goldenen Äpfel anstarrte. Wenn er müde wurde, schloss er 50 Augenpaare, wobei dann die anderen 50 Augenpaare geöffnet blieben. Nach ungefähr zwölf Stunden machte er die schlafenden Augen auf und schloss dafür die bisher offenen. So lange harrte die Harpyie bewegungslos aus, dann wurde sie ungeduldig.

‚So geht das nicht', dachte sie, ‚wenn ich nicht bald etwas unternehme, kauere ich noch in hundert Jahren hier.' Und dann ging alles ganz schnell: Armorika schuf zuerst aus dem allgegenwärtigen Äther eine Schein-Harpyie, die sie weiterhin im Gebüsch kauern und dann schreien ließ, während sie selbst in einem Bogen um das Gebüsch herum huschte und von der anderen Seite das Ergebnis ihrer List beobachtete. Ladon hatte beim ersten Ton der Schein-Harpyie alle Augen aufgerissen und fuhr wütend in die Büsche hinein, worauf die Schein-Harpyie sich gemächlich rückwärts entfernte, dieweil Armorika direkt auf den Baum zu flog, drei der goldenen Äpfel brach und sich mit der Beute davonmachte. Dabei löste sie die Schein-Harpyie im Gebüsch einfach wieder auf. Ladon rannte zuerst im Kreis um das Dickicht herum, dann im Kreis um den Baum, konnte jedoch nichts Gefährliches entdecken. Am Ende blieb er vor dem Baum stehen, schloss wieder 50 Augen und fiel in seinen vorigen 50-Augen-Schlaf.

Das Husarenstück der Harpyie war aber nicht unbemerkt geblieben, denn die Hesperiden waren mit ihrem Baum eng verbunden und hatten den Raub mit Spannung verfolgt. Zuerst wollten sie Alarm schlagen und Ladon auf die richtige Fährte bringen, dann aber fanden sie Armorikas List so lustig, dass sie vorerst zu prüfen gedachten, in wessen Auftrag die Harpyie handle. Sie schickten die Späherin Peneira hinter ihr her, eine zierliche Quellnymphe, und hörten sich zugleich um, ob ihre Verwandten und Freundinnen irgendwo etwas aufgeschnappt hätten. Ihre Schwestern und Cousinen von der Insel Samothrake erzählten, dass bei ihnen kürzlich eine Harpyie vorbeigekommen sei und die Gorgone Stheno aufgesucht habe, doch wären sich die beiden über irgendetwas nicht einig geworden und hätten sich im Unfrieden getrennt. Die Schwestern und Cousinen von der Insel Thassos aber erzählten, eine Harpyie sei bei ihnen gelandet, habe die Chimäre Leontarina aufgesucht und beim Abschied ‚Den Segen der Götter über dich' gerufen.

„Aha", sagten die Hesperiden, „da haben wir es ziemlich sicher mit ein und derselben Harpyie zu tun. Lasst uns hören, was unsere Späherin Peneira berichtet."

Diese traf auch kurze Zeit später ein und erzählte, dass die Harpyie ihren Raub der Chimäre Leontarina gebracht habe und dafür jetzt die Dienste der Gorgone Stheno in Anspruch nehmen dürfe.

„Was für Dienste sollten das sein?", fragten die Zuhörerinnen.

„Ich weiß, was wir machen", meldete sich eine kleine Sprühwasser-Nymphe namens Nepheloma zu Wort.

„Was denn?", fragten alle anderen.

„Wir erkundigen uns weltweit bei allen Verwandten und Freunden, woher die Räuber-Harpyie kam, und diese Spur verfolgen wir dann in beide Richtungen weiter."

„Beim perlenden Morgentau, der Rat ist nicht schlecht", meinten die anderen und sandten ihre Fragen im Äther durch die ganze Welt.

Es dauerte nicht lange, da kam auch schon aus dem Schloss-Geysir des Yellowstone-Nationalparks die Botschaft, die Harpyie heiße Armorika, lebe mit einem verbannten Okeaniden in wilder Ehe zusammen, wohne jedoch woanders, weil sie frei, der Prinz jedoch gebunden sei, und sie wolle jemanden finden, der nach dem Wunsch des Prinzen einen bestimmten Menschen umbringen könne. Da die Harpyie ihrerseits nicht mehr töten dürfe, weil sie bereits unter Beobachtung stehe, dinge sie jetzt eine andere Mörderin.

Fast zu gleicher Zeit berichteten Nymphen aus dem Atlantik, was mit Himinglæva, der schönen Ran-Tochter, und mit deren halbmenschlicher Tochter Deirdre geschehen war.

„Also", sagte die älteste Hesperide Sebasmia, „soll jetzt wohl wieder ein Mensch getötet werden, weil Ranas Enkelin ebenfalls den Prinzen verschmäht und lieber einen Sterblichen zum Manne nehmen will. Dabei ist Deirdre von den Herrscherinnen der Gewässer aller Verpflichtungen gegenüber dem Prinzen entbunden worden und Oqeran wurde wegen seines Wortbruchs sogar verbannt. Es ist nicht recht, dass er weiter Rache üben will. Lasst uns unseren Schwestern aus Ranas Geschlecht beistehen!"

„Was wollen wir tun?", fragten die anderen.

„Lasst uns zu der Chimäre Leontarina fliegen und sie fragen, ob unsere Vermutungen richtig sind", riet Sebasmia.

„Ja, und dann?"

„Dann sprechen wir mit der Gorgone Stheno und ziehen sie auf unsere Seite. Allerdings weiß ich nicht, wie wir mit der Harpyie verfahren sollen. Da sie von ihrer Herkunft eine Tochter des Meerestitanen Thaumas und der Meeresnymphe Elektra ist, gehört ja auch sie zu unserer ferneren Verwandtschaft. Die Weisung von Tethys, Doris und Ran müsste eigentlich bindend für sie sein. Ich werde eine der drei Genannten fragen."

Die anderen Hesperiden waren es zufrieden und die Älteste, Sebasmia, machte sich auf den Weg zum Meere, welches sie dann im Bruchteil von Sekunden auch erreichte. In der Anderswelt verhält sich die Zeit deswegen so eigenartig, weil sie durch den Flügelschlag bestimmter Wesen entsteht, und der ist je nach Wesen verschieden; daher verhält sich auch die Zeit nie gleich.

DIPLOMATIE IM WELTMEER

Sebasmia, die Älteste vom Stamme der Hesperiden, flog westwärts Richtung Sizilien, dann über die Meerenge von Gibraltar und tauchte dort ein in die kühlen Fluten des Atlantischen Ozeans. Sie tauchte bis zu einem der Muschelpaläste des Okeanos und der Tethys hinab. Dort wurde sie sofort eingelassen.

„Sieh an, eine Hesperide! Seltener Besuch ist doppelt willkommen!", rief Tethys und schloss Sebasmia in die Arme. „Ich kann mir denken, weshalb Ihr kommt", sagte sie dann ernst werdend, „es betrifft Oqueran, stimmt's?"

„So ist es. Er gibt keine Ruhe, trotz seiner Verbannung", antwortete Sebasmia. „Durch den Raub dreier goldener Äpfel wurden wir zuerst auf die Harpyie Armorika aufmerksam. Dann erreichte uns aus Amerika die Kunde von der Verbannung Eures Sohnes; dabei erfuhren wir auch, dass Armorika und der Prinz ein Paar sind. Armorika flog von Eurem Sohn aus auf die Insel Samothrake, wo sie die Dienste der Gorgone Stheno erbat. Anscheinend sollte Armorika eine Mörderin für Deirdres neuen Menschen-Freund finden. Jetzt, wo der Prinz keine Rechte mehr auf Deirdre hat, wagt wohl Armorika auch nicht mehr, einen weiteren Mord für Oqueran zu begehen. Nun, die Gorgone forderte offenkundig einen zu hohen Preis für ihre Dienste, denn Armorika flog zeternd von ihr weg und auf die Insel Thassos zu der Chimäre Leontarina, die sie ebenfalls um diese eine Gefälligkeit bat. Als die Chimäre erfuhr, dass Armorika zuvor die Gorgone Stheno aufgesucht hatte, schlug sie einen Handel vor: Stheno stehe wegen eines Gefallens noch in ihrer Schuld und diese Schuld würde Leontarina an die Harpyie abtreten, wenn sie ihr drei Äpfel des ewigen Lebens besorge."

Tethys hatte aufmerksam zugehört. „Gut", sagte sie, „ich habe die Fäden des Komplotts jetzt zur Kenntnis genommen und werde die Harpyie gebührend bestrafen. Ihr habt natürlich freie Hand, die Ereignisse in Eurem Sinne zu lenken. Doch nun, Sebasmia, lasst Euch bewirten und seid mein Gast, bevor Ihr in die Seligen Gefilde zurückkehrt."

Damit schwammen sie zum Speisesaal und ließen sich von den dienenden Geistern des Meeres verwöhnen.

*

Inzwischen hatte die Harpyie die Insel Thassos erreicht und die Chimäre Leontarina aufgesucht. Sie überreichte dieser die drei Goldenen Äpfel und fragte, ob die Gorgone dem Handel zugestimmt habe.

„Stheno ist zwar unwillig aber bereit", antwortete die Chimäre.

Die Harpyie dankte ihr und wollte fortfliegen. Doch da sagte die Chimäre: „Armorika, willst du einen guten Rat hören?"

„Lass hören", erwiderte Armorika.

„Du hast bei deiner Planung ein wichtiges Element vergessen."

„Was sollte das sein?"

„Als du die Äpfel von jenem Baume gebrochen hast, haben die Hesperiden jede deiner Bewegungen verfolgt und deine vorigen Bemühungen und Aufenthaltsorte über das weltweite Netzwerk der Nymphen erkundet. Sie wissen um deine Verbindung zu dem verbannten Okeaniden-Prinzen und von deinem Mord an jenem Menschen, den Oqueran vor seiner Verbannung als Nebenbuhler verfolgt hatte. Auch wissen sie, wen du als nächsten töten lassen willst. Du hast vergessen, dass die Hesperiden, Nereïden, Nymphen, Undinen, Sirenen und andere in steter Verbindung zu den drei Herrscherinnen der Meere und Gewässer der Erde stehen. Spätestens jetzt weiß Tethys also schon von deinem Bemühen. Was glaubst du, wird dir daraus erwachsen?"

Die Harpyie wand sich unbehaglich.

Die Chimäre fuhr fort: „Lass ab von deinem Plan, Armorika! Der Menschen-Mann steht unter dem Schutz der Götter. Wer frevelnd die Hand wider ihn erhebt, zieht Strafe auf sein eigenes Haupt."

Die Harpyie war noch immer unentschieden; zwar fürchtete sie die Strafe, die sie selbst treffen könnte, doch wollte sie gerne auch dem Prinzen helfen. Außerdem verspürte sie die ersten Wehen. ,Huch', dachte sie, ,die kleine Harpyie kommt schon.'

„Die Götter seien mit dir", sagte die Chimäre und verschwand.

*

Unterdessen hatte die Gorgone Stheno ihre Ruhezeit beendet, und da sie die lästige Pflicht, die ihr auf dem Umweg über die Chimäre Leontarina zugefallen war, schnell erledigen wollte, versetzte sie sich nach Ost-Nord-Ost, Richtung Schweiz, Österreich und Süddeutschland, und platschte einen Augenblick später mitten hinein in den Bodensee. Dort materialisierte sie sich erst, als sie den Seegrund erreichte. Das einzige, was ihre Anwesenheit jetzt hätte verraten können, waren ein paar Luftblasen, die an die Oberfläche stiegen und zerplatzten.

Drei Taucher, die dabei waren, den ,Teufelstisch' im See zu erforschen, sahen die Blasen und wurden neugierig, was dieselben verursacht haben könnte. Sie setzten ihre Atemgeräte in den Mund, knipsten ihre Stirnlampen an und tauchten noch einmal in die Tiefe hinab. Einer von ihnen, der die unangenehmen Anfänge einer Grippe verspürte, merkte plötzlich, dass er nicht genügend Luft bekam. Er gab einem seiner Kollegen durch Zeichen zu verstehen, dass er auftauchen müsse und kehrte langsam an die Oberfläche zurück.

Unterdessen hatten seine Kollegen eine Tiefe von 50 Meter erreicht. Sie sahen im Lampenlicht eine Gestalt am Grunde, auf deren Kopf sich Schlangen wanden. Als sie näher kamen und genauer hinschauten, hob das Wesen den Kopf und blickte sie an. Ein fürchterlicher Schmerz ergriff die Männer und machte sie zugleich taub und blind. Als Steingestalten sanken sie alsbald zu Boden. Später suchte man den ganzen See nach ihnen ab, doch konnten sie nie gefunden werden. Dadurch erhielt der ‚Teufelstisch‘ seinen schlechten Ruf.

*

„Wann sehe ich dich wieder?“, fragte Lothar, als sie sich vor Aidans und Sabines Haus trennten.

„Bald“, antwortete Deirdre, küsste ihn noch einmal und verschwand dann.

Lothar stand allein da und konnte beides kaum fassen, sein Glück, mit Aidans schöner Schwester bekannt geworden zu sein, und die nicht alltägliche Art ihres Erscheinens und Verschwindens. Er kehrte kurz ins Haus zurück und verabschiedete sich von Sabine und Aidan, dann ging er zu seinem Wagen hinaus, setzte sich hinters Lenkrad und fuhr Richtung Bodensee. Er wollte dort noch ein wenig am Ufer sitzen und von Deirdre träumen. Auch fühlte er sich der geliebten Frau am Wasser näher. Da das Deggenhauser Tal an einigen Stellen kurvenreich war, musste er langsam fahren, was ihm in jener Nacht wahrscheinlich das Leben rettete.

*

Zur selben Zeit suchte Finnabair ihre Tochter in ungewöhnlicher Eile auf.

„Wir müssen schnell etwas unternehmen; Lothar ist in Lebensgefahr“, rief sie.

„Wie kommst du darauf?“, fragte Deirdre. „Wir haben uns gerade erst getrennt.“

„Meine Mutter Rana hat mir berichtet", erzählte Finnabair, „dass eine der Hesperiden bei Tethys war und sie vor der Gorgone Stheno gewarnt hat. Diese will Lothar auf Betreiben der Harpyie Armorika töten."

„Nicht schon wieder!", rief Deirdre entsetzt. „Wo finden wir sie?"

„Die Nymphen und Undinen im Bodensee haben gemeldet, dass die Gorgone seit kurzem am Grunde des Sees lauert", sagte ihre Mutter. „Treibe du ein Rudel Wildschweine vor Lothars Auto, dieweil ich zum See eile."

So trennten sie sich.

Zwischen Deggenhauser Tal und Salem fand Deirdre schließlich eine Bache mit zehn Frischlingen. Sie lenkte die Tiere so am Ende einer geraden Strecke auf die Straße, dass sie rechtzeitig von Autofahrern bemerkt werden konnten, dann wartete sie am Straßenrand.

Knapp zehn Minuten später nahte ein Wagen. Der Fahrer fuhr bis etwa hundert Schritte vor die Wildschweine und hielt dann an. Es war Lothar.

Deirdre ging auf ihn zu und winkte.

Lothar sprang aus dem Wagen. „Ist alles in Ordnung?", fragte er erschrocken.

„Nein", antwortete Deirdre, „nichts ist mehr in Ordnung. Weißt du, was eine Gorgone ist?"

„Schon mal gehört", antwortete er nach kurzem Nachdenken. „War das nicht eine der Sagengestalten bei den Griechen?"

„Ja, eine für Menschen sehr gefährliche: Blickt sie dich an, so wirst du zu Stein."

Lothar erbleichte.

„Sie lauert momentan im Bodensee auf dich", fügte Deirdre an.

Lothar war erschüttert. „Wie funktioniert so etwas?", fragte er. „Wie konnte sie wissen, dass ich vorhatte, zum See zu fahren?"

„Sie liest alles aus dem Äther ab, der deine Gedanken, Gefühle und Willensimpulse spiegelt", antwortete Deirdre. „Drehe deinen Wagen um, und lass uns schnell zu Sabine und Aidan zurückfahren. Wir müssen in Gemeinschaft sein und bleiben. Mutter ist bereits am See und hält Stheno auf."

Lothar hatte auf der Straße gewendet, und sie fuhren nun mit hoher Geschwindigkeit zurück. Als sie sich zwischen Wittenhofen und Obersiggingen befanden, stand weit vor ihnen plötzlich eine große Gestalt mitten auf der Fahrbahn. Um sie herum wirbelten Rauch und Nebel empor.

Deirdre griff Lothar ins Steuerrad und riss es nach rechts. Lothar legte vor Schrecken eine Vollbremsung hin, bis der Wagen am Straßenrand hielt.

„Schließe sofort deine Augen und mache sie nicht wieder auf", rief Deirdre, „auch wenn du scheinbar meine Stimme hören solltest. Versprich es mir!"

„Ist ja gut", sagte er beruhigend.

Aber Deirdre war noch nicht zufrieden. „Hast du ein Taschentuch?", fragte sie.

Lothar reichte es ihr, und sie band es ihm fest vor die Augen, dann schaute sie wieder nach vorn auf die Straße.

Die Gestalt kam näher. Nebel wirbelte um sie herum und ließ ihre Konturen stellenweise verschwimmen. In dem grauen Gesicht glühten zwei graue Augen und brannten sich in die Umgebung ein.

Deirdre sank der Mut. Da sah sie plötzlich eine ganze Schar anderer Gestalten in grünen fließenden Gewändern, die sich zwischen die Gorgone und den Wagen gestellt hatten und deren Gang aufhielten. Mitten unter diesen Gestalten entdeckte sie ihre Mutter und zu ihrer großen Erleichterung auch Ran, die Herrin der Meere, ihre Großmutter.

Ran richtete das Wort an Stheno: „Sei gegrüßt, Stheno! Du wandelst unter fremden Sternen. Was führt dich hierher?"

„Sei gegrüßt, Herrin der Meere!", antwortete die Gorgone. „Ich erfülle einen Auftrag für die Harpyie Armorika."

„Du kannst in deine Heimatgefilde zurückkehren; die Lage hier hat sich gewandelt, und der Mordauftrag ist dadurch hinfällig. Armorika durfte ihn nicht erteilen, und weil sie es doch tat, droht ihr Strafe von den Göttern. Der Okeaniden-Prinz, für den Armorika den Auftrag an dich weitergab, hat keine Rechte mehr auf den Tod jenes Mannes, den du verfolgst. Dein Dienst für die Chimäre Leontarina ist hiermit erfüllt, und du bist frei."

„Aber ich sollte einen Menschen töten."

„Und hast stattdessen zwei getötet."

„Das stimmt", gab die Gorgone zu und löste sich auf.

Als Deirdre genau hinsah, war die Straße frei und leer, und keine Gestalten waren irgendwo mehr zu sehen. Auf dem Rücksitz des Wagens aber saß ihre Mutter und lächelte sie an.

„Das war knapp", sagte sie.

Deirdre fuhr zusammen und hörte plötzlich alle Alarmglocken läuten.

„Du weißt, dass dich fürchterliche Strafen erwarten", sagte sie.

Die Gorgone in der Gestalt ihrer Mutter lachte krächzend. Da sie jetzt durchschaut war, brauchte sie die angenommene Gestalt nicht länger aufrechtzuerhalten und verwandelte sich in die eigene zurück. Ihr Blick wurde stechend und die Schlangen ringelten sich auf ihrem Haupt empor und zischten.

Deirdre rief nach ihrer Großmutter um Hilfe. Da rauschte ein heftiger Regenschauer aus den Wolken, und ein Blitzstrahl fuhr in der Nähe in einen Baum. Der Donner krachte. Die Gorgone war einen Augenblick lang abgelenkt, was Deirdre nutzte, indem sie Lothars Sicherheitsgurt löste und ihm zurief zu fliehen, das Tuch aber ja nicht von den Augen zu nehmen.

Lothar reagierte schnell, er hatte die Schreckens-Aura der Gorgone sehr wohl gespürt und im Wagen kaum noch atmen können. Er riss die Tür auf und ließ sich hinausfallen. Stheno packte die Lehne des Sitzes, in dem Lothar eben noch gesessen hatte, mit wildem Griff und riss dabei die Polsterung mit ihren Klauennägeln auf.

Plötzlich aber standen zwei hohe Nebelgestalten vor dem Wagen. Die Gorgone heulte auf: „Oh weh, Töchter der Eris! Vergebt mir!"

Deirdre öffnete die Tür, stieg aus und verneigte sich vor den Gestalten. Diese neigten ebenfalls ihre Häupter, griffen dann durch die Wagentüren hindurch die Gorgone und nahmen sie zwischen sich.

„Deine Großmutter hat uns gerufen", sagten sie an Deirdre gewandt.

Die Gorgone winselte: „Oh, Verblendung und Vergehen, Ihr Enkelinnen der Nacht, lasst mich frei!"

Deirdre war zu Lothar getreten.

„Wer ist denn da noch angekommen?", fragte er.

Deirdre erschauerte: „Ate und Dysnomia, die Töchter der Zwietracht", sagte sie leise.

„Was haben sie vor?"

„Sie werden Stheno bestrafen", flüsterte Deirdre.

„Ich werde bald wahnsinnig vor lauter alten Göttinnen und Halbgöttinnen", stöhnte Lothar.

„Sei froh, dass sie gekommen sind", erwiderte Deirdre.

Als sie sich umsah, waren alle Gestalten schon verschwunden. Sie nahm Lothar die Binde von den Augen.

„Diesmal war es wahrlich knapp", sagte sie.

Platschnass vom Regen stiegen sie in den Wagen und fuhren zu Sabine und Aidan weiter.

DIE BESTRAFUNG

Die Unheilsgöttinnen Ate und Dysnomia geleiteten die Gorgone Stheno zu einer eilig einberufenen Götterversammlung im Atlasgebirge. Außer Tethys, Doris und Ran, den Beherrscherinnen der Gewässer, waren die beiden Unheilsgöttinnen als Begleiterinnen der Gorgone dabei anwesend, die drei Moiren als Herrscherinnen des Schicksals, und Nyx, die Nacht, die Großmutter von Ate und Dysnomia. Die beiden Angeklagten, derentwegen die Versammlung abgehalten wurde, waren die Gorgone Stheno und die Harpyie Armorika. Letztere trug die erst kürzlich geborene kleine Harpyie Kyma auf dem Arm.

Die Herrscherinnen der Meere sprachen die Anklage aus: „Du, Stheno, bist angeklagt, weil du Götterwort nicht geachtet hast. Als Ran dich von der Verpflichtung des Mordes freisprach und dir sagte, dass der Sterbliche, den du töten wolltest, unter dem Schutz der Götter stehe, hast du die Weisung missachtet. Und du, Armorika, hast gegen die Weisung der Meeresgöttinnen einen Menschen verfolgt, der unter dem Schutz ebendieser Göttinnen stand."

Nyx ergriff das Wort: „Du Stheno, die du ,die Mächtige' genannt wurdest, verlierst deine Macht mit der heutigen Nacht und heißest fortan Lipothyma, die Machtlose. Du wirst von mir in dieses Gebirge hier verbannt, und da musst du bleiben bis in alle Ewigkeit."

Die Gorgone heulte einmal dumpf auf und schwieg dann still. Nun stellte sich Tethys vor die Harpyie und sprach: „Du, Armorika, hast Götterwort missachtet und wirst hiermit für alle Zeiten verbannt in einen Geysir auf dem Lande, der sich im oberen Geysir-Becken des Yellowstone-Nationalparks befindet und Schloss-Geysir heißt. Es ist auch der Verbannungsort des Okeaniden-Prinzen Oqueran. Deine

Tochter Kyma aber musst du abgeben, sie wird bei mir, ihrer Großmutter, im Palast aufwachsen, da sie mein Enkelkind ist."

Armorika brach schluchzend zusammen und bettelte um ihr Kind.

Doch Tethys sagte: „Die Folgen deiner Taten hättest du vorher bedenken müssen, Armorika. Doch da du durch die Liebe zu meinem Sohn verblendet warst und nicht ganz eigenmächtig gehandelt hast, darfst du jedes Jahr einen Viertelmond lang dein Kind bei mir im Palast besuchen."

Damit lösten die Göttinnen der Meere die Versammlung auf und alle Beteiligten kehrten heim. Die kleine Harpyie Kyma wurde von ihrer Großmutter in den Muschelpalast mitgenommen und die Verurteilten von Wächtern zu ihren jeweiligen Verbannungsorten begleitet.

*

Als Deirdre und Lothar bei Sabine und Aidan ankamen, war Finnabair bereits dort. Sie sah ernst aus.

„Was ist passiert?", fragte Deirdre erschrocken.

„Ich muss mit dir allein sprechen", antwortete ihre Mutter. Sie gingen ins Nebenzimmer. „Ich habe Tethys gefragt, wie sich Oquerans Bann weiter auswirkt. Ihr Bescheid wird Lothar hart treffen."

Deirdre blickte ihre Mutter ruhig an. „Ich werde sterben", sagte sie. „So neu ist mir das allerdings nicht. Ich spüre, dass es mir immer schwerer fällt, meine Wesensglieder mit purer Lebenskraft zusammenzuhalten; das fing schon an, als Oqueran frisch verbannt war. Wie, meinst du, wird Lothar damit fertig werden?"

Finnabair zögerte. „Lothar ist zwar ein starker Mann, doch sagt mir meine Intuition, dass sein Leben dadurch früher oder später ins Schlingern geraten und er sich nicht mehr fangen wird."

„Armer Kerl", sagte Deirdre, „und mittlerweile der dritte Mann, für dessen Tod ich mit verantwortlich bin."

Finnabair ging ins Nebenzimmer zurück und Deirdre folgte ihr.

Am anderen Morgen ergriff Finnabair beim Frühstück das Wort: „Leider muss ich euch eine schlimme Nachricht überbringen. Dadurch, dass der Okeaniden-Prinz keine Macht mehr über Deirdre hat, kann er auch keine Teile ihres Wesens mehr rauben oder störend in ihre Entwicklung eingreifen. Wie ihr wisst, ist Deirdre bei ihrem Unfall in Irland bereits gestorben; sie wurde beim Sturz in den Abgrund zerschmettert. Dank ihrer mütterlichen Abkunft konnte sie durch unsere überstarken Lebenskräfte eine Art Scheinexistenz aufbauen und erhalten, die ihre Kraft zum Teil auch aus der Gefahr bezog, die von Oqueran ausging. Diese Gefahr besteht nicht weiter und Deirdres Kraft ist am Versiegen. Sie wird uns jetzt endgültig verlassen und denselben Weg einschlagen, den alle Sterblichen gehen. Zuerst kehrt sie in unsere geistige Heimat zurück, dann wird sie alle Jahrtausende abwechselnd als Junge, dann als Mädchen wieder geboren werden. Für den Augenblick jedoch heißt das: Ihr müsst Abschied voneinander nehmen."

Lothar saß wie zu Stein erstarrt an seinem Platz. „Nein!", brach es nach kurzer atemloser Stille aus ihm heraus, „ich mag ohne Deirdre kein Leben mehr führen. Dann nimm mich doch mit in den Tod, hier hält mich ohnehin nichts mehr!"

„Ich würde gerne bei dir bleiben oder dich mitnehmen; doch ich kann weder das eine noch das andere. Es war ohnehin ein Privileg, dass wir uns überhaupt gesehen und kennengelernt haben, Lothar. Das alles liegt nicht mehr in meiner Hand."

Sabine blickte betroffen zu ihrem Bruder hin, der in seinem Schmerz jegliche Fassung verlor. Auch Aidan saß schreckensbleich am Tisch.

Als sie Abschied von Deirdre genommen hatten, verschwand diese wieder so unerwartet wie bisher, plötzlich weilte sie nicht mehr unter den Anwesenden, und kurze Zeit später war auch ihre Mutter fort. Dann hielt Lothar es nicht mehr aus, verabschiedete sich mit zusammengebissenen Zähnen und verließ das Haus. Sabine und Aidan machten sich auf eine Wanderung, weil es ihnen in der Wohnung zu eng wurde.

Zwei Jahrzehnte später

Als sich die Freunde nach Deirdres Scheiden getrennt hatten, führten auch ihre Lebenswege auseinander. Aidan und Sabine heirateten und bekamen kurze Zeit später ihr erstes Kind, ein Mädchen von außergewöhnlicher Schönheit, dem sie den Namen Laërka gaben, wie Aidans Mutter ihnen geraten hatte. Nach zwei Jahren kam das nächste Kind und so ging es weiter. Zehn Jahre später waren sie schon eine stattliche Familie mit fünf Kindern. Auf Laërka war Alan gefolgt, daraufhin ein Mädchen, das sie nach Aidans verstorbener Schwester Deirdre nannten; danach kam der kleine Gawan und als fünftes ein Mädchen, Iva, deren Name so viel wie ‚schön' oder ‚strahlend' bedeutet. Alle Kinder fielen durch ihre große Schönheit auf. Sabine und Aidan waren glückliche Eltern.

Weniger glücklich verlief Lothars Leben. Eine feste Freundschaft verband ihn immer nur kurze Zeit mit seiner jeweiligen Partnerin. Mit zwei Freundinnen hatte er je eine uneheliche Tochter, doch auch diese Kinder konnten ihn nicht dauerhaft an eine Frau oder Familie binden. Dazu kam, dass er immer öfter dem Alkohol zusprach. Äußerlich sah man ihm das nicht an, nur schien er schneller zu altern, als alle seine Altersgenossen.

Finnabair war nach Irland zurückgekehrt. Weil sie in Sligo zu viel an die Vergangenheit erinnert hätte, ließ sie sich in Kinvara, südlich von Galway nieder, wo sie vorübergehend ein Kurzwarengeschäft betrieb. Sie nahm sich einen Mann, der zwar verheiratet gewesen war, ihr aber gut gefiel, und führte mit ihm wieder ein Leben als ‚normale menschliche' Ehefrau. Der Mann hieß Seumas. Sie bekamen zwei außergewöhnlich schöne Kinder, einen Jungen und ein Mädchen. Den Jungen nannten sie Tom nach Finnabairs verstorbenem Mann und das Mädchen Alayna nach Aidans Jugendfreundin. Seumas erfuhr nie, dass seine Frau eine Tochter Ranas war, doch gelegentlich wunderte er sich über ihre große Schönheit und noch mehr darüber, dass sie im Laufe der Jahre nicht alterte.

*

Zwei Jahrzehnte nach Deirdres Scheiden organisierten Sabine und Aidan dann an Weihnachten ein großes Familien- und Freundestreffen. Aidans Mutter sollte mit ihrer Familie an den Bodensee kommen. Sabine hatte auch ihren Bruder Lothar und Aidans Freundinnen Alayna und Katharina samt deren Familien eingeladen. Das Haus im Deggenhauser Tal war für zehn Erwachsene und die vielen Kinder fast schon zu klein, doch sie wollten einen Teil des Festes gleichwohl zu Hause begehen und die Gäste nur zu manchen Mahlzeiten und zum Schlafen im Gasthof unterbringen.

Aidans Jugendfreundin Alayna war mit einem Mann namens Benny verheiratet und das Paar hatte zwei goldige Töchter. Alayna freute sich darüber, dass Finnabair ihre eigene Tochter nach ihr benannt hatte. Katharina war mit einem ihrer ehemaligen Dozenten von der Uni verheiratet und das Paar hatte bisher einen Sohn, Benedikt. Lothar kam mit seiner derzeitigen Partnerin Regina zu Besuch. Sie hatten keine Kinder.

Obwohl einige der Gäste eher traurige Erinnerungen an die gemeinsame Zeit von vor zwanzig Jahren hatten, bewirkten das ungezwungene Miteinander, die gemeinsamen Gespräche und das ausgelassene Tollen der Kinder eine erlösende Befreiung von aller Schwermut. Die Gäste blieben zwei Wochen lang und als sie abreisten, versprachen sie einander, sich in den drauffolgenden Jahren auch wieder am selben Ort zu treffen. Im Deggenhauser Tal wunderten sich die Nachbarn noch lange über die schönen Kinder des Iren und seiner irischen Gäste und erzählten sogar Verwandten und Freunden von ihnen. –

Während der gemeinsamen Tage, als Aidan und seine Mutter einmal für kurz allein beieinander saßen, fragte Aidan sie nach Deirdre und ob Finnabair etwas über sie und ihren Weg in der Anderswelt wüsste.

„Leider nein", sagte seine Mutter, „je mehr ich Mensch werde, desto ferner rückt auch mir diese Welt, aus der wir alle herkommen. Ein Teil der Anderswelt ist mir jetzt schon regelrecht verbaut."

„Ist das gut oder schlecht?", fragte Aidan.

„Beides", antwortete Finnabair, „es bedeutet, dass ich in meine Rolle als Mensch und als Mutter und Ehefrau tiefer hineinwachse. Unabhängig davon bin und bleibe ich natürlich eine Nymphe, das steht außer Zweifel, doch habe ich auch seit langem die Verwandten im Meer nicht mehr besucht; ich hatte das Gefühl, ich müsse mich für die eine oder andere Richtung entscheiden. Dazu kommt, dass ich mich vor einem Wesen in meiner ehemaligen Heimat fürchte."

„Wer sollte das sein?", fragte Aidan.

„Das ist Kyma, Oquerans Tochter, die an Tethys' Palast aufwächst."

„Oqueran hat eine Tochter?"

„Ja, mit der Harpyie Armorika, die deinen Freund Heiner damals zerfleischte."

Aidan pfiff durch die Zähne. „Könnte Kyma uns gefährlich werden?", fragte er.

„Alle Wesen können sowohl harmlos sein, als auch gefährlich werden. Die Frage ist, in welche Richtung Kyma, Armorika und Oqueran Rachegelüste entwickelt haben."

„Und, kannst du etwas darüber sagen?"

„Ich denke schon: Solange du und ich wenig geistigen Kontakt zueinander haben, werden Rachepläne eher in meine Richtung zielen.

Ich muss mich eben vorsehen, und an Land bin ich Kyma mit Sicherheit überlegen. Sie ist auch erst ein Mädchen."

„Und deshalb meidest du das Meer?"

„Auch."

In diesem Augenblick platzte eine ganze Schar Kinder ins Zimmer herein, und ihr Gespräch wurde abrupt beendet.

LAËRKA, IVA UND ALAYNA

Als die Kinder von Aidan und Sabine und die von Finnabair und Seumas in die Pubertät kamen, zeigte es sich, dass allein Laërka, Iva und Alayna die Fähigkeit entwickelt hatten, gelegentliche Blicke in die Anderswelt zu werfen. Bisher hatten ihre Mütter das Geheimnis, das über Finnabairs Herkunft lag, geheim gehalten; doch war ihnen auch klar, dass sie irgendwann würden darüber sprechen müssen.

An Weihnachten war Aidans Mutter wieder mit ihrer Familie zu Aidan und Sabine an den Bodensee gefahren und sie hatten das Fest zusammen mit Sabines Bruder Lothar, Aidans Freundinnen Alayna und Katharina und deren Familien gefeiert.

Durch einen Zufall hatten sich an einem Tag Laërka, Iva und Alayna zu dritt auf einen Waldspaziergang begeben; die anderen Jugendlichen waren währenddessen mit Aidan auf die Kunsteisbahn in Pfullendorf gefahren. Der Tag war für Dezember außergewöhnlich mild, dichter Nebel schützte zwar das Land vor Kälte, verbarg jedoch Teile der Landschaft vor den Blicken. Es tropfte von den kahlen Bäumen, und die Bäche, in deren Nähe die drei Jugendlichen kamen, rauschten und gurgelten weit vernehmbar.

Bei einem davon, der von einer hölzernen Balkenbrücke überspannt wurde, machten sie Halt, traten auf die Brücke und blickten in das quirlende Wasser hinab, das unter ihnen über Steine schäumte und spritzte. Wie sie so standen und schauten, erhob sich am Ufer aus Dunst und Schaum ein zartes Wesen in menschlicher Größe und Gestalt und winkte ihnen zu. Die Mädchen, die nicht damit rechneten, Zeuginnen eines ungewöhnlichen Vorfalls zu sein, winkten zurück, worauf das Wesen zuerst stutzte, dann aber lächelnd auf sie zu kam.

Es war ein ungewöhnlich schönes, geisterhaft durchscheinendes Mädchen, das ihnen die Hände hinstreckte und sagte: „Ach, ist das schön, dass ihr mich endlich seht! Ich bin Eyja, eine Nymphe aus Rans Geschlecht, und ihr und ich, wir sind direkt verwandt miteinander. Ihr stammt von Himinglæva ab, meiner Tante, und ich und meine Schwestern von Unnr, das ist eine von Himinglævas Lieblingsschwestern. Unsere Cousinen wiederum sind Kinder und Kindeskinder von deren anderen Schwestern Dufa, Hefring, Kolga Hrönn und Bylgja. Die beiden grimmigen Tanten, also Blodughadda und Bora, habe ich dabei noch gar nicht mitgezählt; dank ihrer haben wir noch ein paar Dutzend Cousinen mehr. Unsere Verwandtschaft ist ganz schön groß."

Laërka, Iva und Alayna hatten mit offenen Mündern zugehört.

„Davon wissen wir ja gar nichts", sagte Alayna, die sich als erste wieder gefangen hatte.

„Du bist Alayna, die Tochter von Himinglæva, der schönen Tochter Ranas, die zu den Menschen ging und sich dort ,Finnabair' nannte, und du bist auch so schön wie deine Mutter. Und ihr, Laërka und Iva, ihr tragt diese Himinglæva-Schönheit ebenfalls in euch; ihr seid die Kinder von Himinglævas Sohn Aidan, so ist es doch?"

Die Genannten nickten. „Warum wissen wir nichts davon?", fragten sie.

„Das weiß ich nicht", sagte das Nebelmädchen. „Aber ich habe ein paar sehr kluge ältere Schwestern, die können das beantworten. Wartet kurz!"

Sie war einen Moment unsichtbar, dann erschien sie wieder mit acht ähnlichen Nebelwesen, die alle wunderschön waren. Die schienen hoch erfreut zu sein, denn sie lachten und umarmten die Menschen-Mädchen und waren sehr aufgeregt.

Alda, eine von ihnen sagte: „Ich weiß, warum ihr nichts erzählt bekommen habt."

„Ja, warum nicht?", fragten die Menschen-Mädchen.

„Weil …", plapperte ihnen Dropi, ein noch ganz kleines Nebelmädchen, mitten ins Wort, „weil eure Mutter den Okeaniden-Prinzen verschmäht hat und dieser sich an ihr rächen wollte."

Alda lächelte und fuhr fort: „Dieser Prinz hat die älteste Tochter eurer Mutter, Aidans Schwester Deirdre, getötet. Eine von euch Jüngeren ist ja nach dieser Deirdre benannt. Und dann hatten Himmingläva und Aidan Angst, dass ihr in Gefahr geraten könntet, wenn ihr mehr darüber wisst, darum haben sie euch dumm gehalten."

Bei dem Wort ‚dumm' prusteten die Nebelmädchen vor Lachen los, wurden aber gleich wieder ernst.

„War nicht bös gemeint", sagte Frutha entschuldigend. „Alda ist immer so direkt."

„Ich finde es toll, dass wir echte Verwandte unter den Menschen haben", sagte Regnbogi, und die anderen Nebelmädchen stimmten ihr begeistert zu.

„Wir müssen alle zusammenhalten", sagte Alda. „Wir lassen nicht zu, dass euch auch etwas passiert."

„Was könnte denn noch passieren?", fragte Alayna.

„Oh, es gibt da eine böse Prinzessin", mischte sich Dropi wieder ins Gespräch und schwieg dann.

Alda fuhr fort: „Der Prinz hat eine Tochter, die heißt Kyma; sie lebt am Hofe der Herrscherin Tethys, ihrer Großmutter. Ihre Mutter ist eine Harpyie. Kyma hasst deine Mutter doppelt; zum einen, weil ihre Eltern deine Mutter hassen, zum andern, weil ihr Vater deine Mutter mehr lieb hatte als ihre eigene Mutter, die Harpyie."

„Und warum hassen Kymas Eltern meine Mutter?", fragte Alayna.

„Wegen deiner Mutter wurde er verbannt", sagte Frutha.

„Das stimmt eigentlich nicht ganz", berichtigte Alda. „Er wurde verbannt, weil er Aidans Schwester Deirdre und zwei ihrer Liebhaber getötet hat. Ihr merkt daran, dass er echt gefährlich war; doch seine Tochter Kyma ist es nicht minder."

Sie plauderten noch eine ganze Weile miteinander, und alle waren richtig glücklich darüber, dass sie sich gefunden und kennengelernt hatten. Die Nymphen erzählten, dass sie schon oft versucht hätten, mit ihren menschlichen Verwandten Kontakt aufzunehmen, und dass sie sehr traurig gewesen seien, weil das nie geklappt habe. Aber ihre Großmutter Rana, die Herrin der Gewässer, habe sie getröstet und ihnen gesagt, dass die Zeit, wo Menschen die Nymphen wahrnehmen können, erst noch komme; und sie hat natürlich wieder Recht behalten.

„Wie bekommen wir unsere Großmutter und Eltern dazu, uns alles über sich selbst und über euch und uns zu erzählen?", fragte Iva.

Alda lächelte und sagte: „Fragt sie nur nach Urgroßmutter Ran oder Rana. Das wird schon genügen."

„Und wie können wir mit euch in Verbindung bleiben?", fragte Laërka.

„Wir geben euch einen Tropfen Lebenswasser aus unserer Welt, den nehmt ihr auf die Zunge. Er kann euch nicht schaden, weil ihr ja Verwandte von uns seid", antwortete Frutha.

Die Nymphen reichten jeder von ihnen eine dunkelblaue Blüte, ähnlich der Blüte einer Glockenblume, in welcher ein Tropfen Wasser wie geschmolzenes Silber glänzte, und die Mädchen leckten die Tropfen aus den Kelchen.

„Jetzt könnt ihr uns jederzeit rufen, wenn ihr mit uns verbunden sein wollt", sagte Alda.

Dropi fragte: „Gebt ihr uns auch etwas von euch, damit wir es unseren Cousinen zeigen können?"

Die Mädchen, von denen jede ein oder mehrere Freundschaftsbänd-
chen am Handgelenk trug, öffneten und lösten je eines davon ab
und reichten es Eyja, die ihnen am nächsten stand. Dann umarmten
sie einander voller Freude und beide Seiten versicherten, sich nie
wieder trennen zu lassen. Als die Nymphen verschwanden, ertönte
eine wunderbar feine Musik über dem Wasser, die war so schön,
wie die Mädchen noch nie Vergleichbares im Leben gehört hatten.
Sie standen eine Weile wie verzaubert da. Erst als die letzten Töne
verklungen waren, hatten sie sich wieder ganz im Alltag eingefunden.

Das Kleeblatt

Alayna, Laërka und Iva wurden durch die Begegnung mit ihren Verwandten aus der Welt der Elementarwesen in besonderer Weise zusammengeschweißt und unternahmen fortan viele Aktivitäten gemeinsam. Daher wurden sie von ihren anderen Geschwistern und ihrem Cousin Tom im Scherz nur noch „das Kleeblatt" genannt. Diesen Namen verwendeten sie hinfort auch selbst, wenn sie etwas vorhatten, vor allem, wenn es Dinge betraf, die sie mit der Anderswelt in Berührung bringen konnten. Dann fragten sie: „Soll das Kleeblatt auf Abenteuer ausziehen?"

Einen Tag nach dem Erlebnis am Bach waren die drei mit Finnabair und Aidan allein im Zimmer. Das nahm Alayna zum Anlass, die längst fälligen Fragen zu stellen.

„Warum habt ihr uns nie von unseren Verwandten im Wasser erzählt? Unsere Großmutter, beziehungsweise Urgroßmutter Rana wäre sicher entzückt, uns kennenzulernen."

Finnabair fuhr herum und sah ihre Tochter erschrocken an und auch Aidan schien fassungslos.

„Woher wisst ihr davon?", fragte Finnabair.

„Ein paar unserer Cousinen, die Töchter deiner Schwestern Unnr, Dufa, Hefring, Kolga Hrönn und Bylgja, haben uns vorvorgestern an einem Bachlauf aufgesucht, und wir hatten null Ahnung von unserer eigenen Verwandtschaft! War das peinlich!"

„Dann konntet ihr mit ihnen in Verbindung treten?", stellte Aidan halb fragend fest. „Das kann nicht einmal ich."

„Wir haben uns ganz normal miteinander unterhalten", bestätigte Laërka.

„Sicher war das ein einmaliges Ereignis", wiegelte Finnabair ab.

„Nein, das war es nicht und das soll es auch nicht bleiben, Tante", sagte Iva ziemlich scharf. „Wir dachten alle drei, es wäre nun wirklich an der Zeit, uns über deine und damit auch unsere Herkunft reinen Wein einzuschenken, findest du nicht auch?"

Finnabair schluckte. „Ihr habt ja recht", sagte sie matt, „aber es gab schon gute Gründe, warum wir dieses Kapitel meiner Biographie totgeschwiegen haben. Eure älteste Halbschwester und zwei ihrer Verlobten sind deswegen bereits getötet worden, der dritte entging nur knapp demselben Schicksal. Wir wollten euch vor gewissen Gefahren schützen."

„Und was geschah damals nun wirklich?", hakte Alayna nach.

Finnabair setzte sich, und auch die anderen nahmen Platz.

„Alles begann im Meer … Ich bin eine der neun Töchter der Meeresbeherrscherin Ran. Mein Name war Himinglæva, was soviel wie ‚Himmelsklar' bedeutet. Eines Tages sah ich am Ufer nahe Sligo einen Mann sitzen. Er blickte träumend in die Weite, und plötzlich hatte ich dieselben Empfindungen, die er in diesem Moment erlebte, das war eine Art von Sehnsucht in die Ferne. Das berührte mich tief und ich kam öfter in die Nähe dieses Ufers, wo ich ihn betrachten konnte. Ich verwandelte mich jedes Mal in eine Robbe, so dass der Mann auch mich sah, und er sprach mit mir und meinen Freundinnen, die sich ebenfalls in Seehunde verwandelt hatten. Irgendwann war ich dann so sehr in ihn verliebt, dass ich Menschengestalt annahm, an Land kam und ihn umarmte. Er hieß Tom. Wir wurden Mann und Frau und ich lebte mit ihm fortan zusammen und benahm mich wie ein Mensch. Nach und nach hatten wir einen Sohn, Aidan, und eine Tochter, Deirdre.

Doch davor geschah noch etwas Entscheidendes: Eines Tages, lange bevor ich Tom kennenlernte, erfuhr ich, dass meine Mutter mich dem Okeaniden-Prinzen Oqueran zur Frau versprochen hatte. Das passte mir so gar nicht, denn ich wollte mir meinen Gemahl selber aussuchen. Als Oqueran kam und um mich warb, wies ich den Prinzen ab. Der ließ nicht locker und war insofern im Recht, als ich ihm ja versprochen worden war. Da sagte ich ihm leichtsinnigerweise meine erste Tochter zu, weil ich noch gar nicht wusste, wie sich das anfühlt, eine Tochter zu haben. Oqueran nahm mich beim Wort. Als dann Deirdre zur Welt kam, hatte ich den Prinzen längst vergessen; er mich aber nicht. 17 Jahre lang geschah zunächst gar nichts, dann kam der Prinz zu Deirdre und forderte sie zur Gemahlin. Deirdre hatte damals ihren ersten festen Freund, Finn, und die beiden wollten heiraten. Daher wies sie Oqueran entsprechend heftig ab. Oqueran strafte sie hart: Er unterwühlte die Uferstraße, und als Deirdre und Finn eines Abends vom Baden nach Hause fuhren, stürzte ihr Wagen zusammen mit der einbrechenden Straße in die Tiefe. Meine Tochter und Finn lagen zerschmettert in der Tiefe, aber Deirdre hatte durch mich so starke Lebenskräfte, dass sie einen Schein-Leib damit aufbauen und zugleich Lebenskraft und Seele in ihm zusammenhalten konnte. So lebte sie da vorübergehend in einer Art Zwischenwelt, von wo aus sie sich tiefer in die Anderswelt hinein begeben, aber auch in der Alltagswelt in Erscheinung treten konnte.

Doch der Prinz hatte zusätzlich einen Bann auf sie gelegt: Wenn sie nicht innert eines Jahres, eines Monats, einer Woche und eines Tages einen Mann fände, der sie heiraten würde, müsste sie fortan dem Prinzen zugehören. Deirdre fand recht bald einen Freund, der sie zur Frau nehmen wollte, das war Heiner, Katharinas Bruder und Aidans Freund. Da beauftragte Oqueran widerrechtlich ein Wesen, das Deirdres Verlobten zerfleischte. Widerrechtlich, weil Deirdre die Bedingung des Okeaniden-Prinzen ja erfüllt hatte. Dieses Wesen war eine Harpyie, Armorika, die den Prinzen später im Exil heiratete. Sie hätte auf Oquerans Drängen auch noch Deirdres nächsten Verlobten, Aidans Freund Lothar, getötet, wenn nicht zweierlei geschehen wäre: Zum einen wurden der Prinz und die Harpyie von der Meeresbeherrscherin Tethys verbannt, zum anderen ließ Deirdres Kraft jetzt schnell nach, so dass sie ihren Schein-Leib aufgeben musste und sich dann auch ihr Leben und ihre Seele auflösten. Sie starb wie ein ganz normaler Mensch und hatte auch für ihre menschliche Entwicklung keinerlei Gefahr mehr vonseiten Oquerans Freunden zu befürchten. Oqueran und Armorika wurden weit weg verbannt, doch ihre gemeinsame Tochter Kyma lebt noch am Hofe ihrer Großmutter Tethys und kann sich in allen Gewässern frei bewegen. Daher haben wir mit Euch Kindern nie über unsere Herkunft gesprochen."

Die Mädchen waren zutiefst erschüttert, dass ihre Mutter, beziehungsweise Großmutter ein Fabelwesen sei, und Iva sprach das auch aus: „Also so etwas gibt es doch gar nicht! Plötzlich sollen die Märchen- und Fantasiegestalten nicht nur real existieren, nein, wir sind auch noch direkt verwandt mit ihnen! Und unsere eigene Mutter und Großmutter ist ein solches Fabelwesen!"

Doch Finnabair korrigierte sie: „Um genau zu sein, bin ich so anders nicht als ihr. Als Meeresbewohnerin stehe ich gewissermaßen auf dem Stand einer Okeanide oder einer Nymphe, aber auch als Mensch bin ich mittlerweile ‚gewachsen'. Ich habe eine eigene Seele, die sich stets noch weiter entwickelt, und wenn ich sterbe, werde ich den weiteren ‚Lebensweg' eines Menschen gehen, nicht den einer Nymphe."

„Was ist das für eine Welt, aus der du kommst?", fragte Alayna. „Ich meine, wie passt sie zu der Welt, in der wir leben?"

„Oh", antwortete ihre Mutter, „das ist ein bisschen kompliziert. Stark vereinfacht könnte man sagen: Hinter allem Festen verbergen sich die Gnome, hinter allem Flüssigen die Undinen, hinter dem Luftförmigen die Sylphen und hinter dem Feurigen die Salamander.

Da hätten wir gewissermaßen die Haupt-Überschriften über alle Lebensbereiche der Natur und ihrer Bewohner. Doch jede dieser ‚Elementarwesen-Gruppen' ist unendlich differenziert und wimmelt von Völkern, Formen und Eigenheiten."

„Das sind jetzt also keine Märchen?", fragte Laërka.

Ihre Großmutter schüttelte den Kopf.

„Aber wie stehen denn diese Elementarwesen zu uns Menschen?", fragte wieder Alayna.

Finnabair dachte kurz nach, dann antwortete sie: „Sie haben eine tiefe Sehnsucht nach den Menschen. Doch die Menschen sind seit einigen Jahrhunderten wie blind und taub für Leben, Seele und Geist und daher auch für die Welten der verschiedenen Wesen. Deshalb sehnen sich die Wesen des Lebendigen vergeblich nach ihnen. Sie würden den Menschen so gerne helfen; aber die Menschen zweifeln an ihrer Existenz und meinen, sie könnten alle ihre menschlichen Probleme allein lösen."

„Was sind das für Namen, die ihr da habt, du und deine Schwestern?", fragte Laërka. Finnabair antwortete:

„Himinglæva heißt die Himmelsklare,

Unnr ist die Schäumende,

Dufa heißt die Taube, gemeint ist eigentlich die Hohe, die so hoch aufragt, wie eine Taube fliegt,

Hefring ist die Steigende,

Kolga die Kühlende,

Hrönn die Fließende und

Bylgja die Woge;

Blodughadda heißt die mit dem blutigen Haar, gemeint ist die mit dem roten Schaum auf den Wellen und

Bora ist die zerstörerische Bebenwelle.

Ran heißt eigentlich die Räuberin;

doch das sind nur die alten isländischen Namen für uns neun Töchter und unsere Mutter Rana. Natürlich heißen wir im Meer anders, aber dies sind halt die ersten Namen, die wir von Menschenseite erhielten", antwortete Finnabair.

Iva fragte: „Wie sollen wir uns nun eigentlich unseren Geschwistern gegenüber verhalten, also Alan, Deirdre, Gawain, und wie deinem Sohn Tom gegenüber? Wir haben etwas erlebt, das uns alle angeht, aber die Genannten haben es halt nicht erlebt."

Aidan und Finnabair sahen sich kurz an, dann antwortete Finnabair: „Erzählt ihnen bitte noch nichts von eurem Erlebnis. Entweder sie kommen irgendwann von selbst darauf, was bedeuten würde, dass sie auch die ‚Gabe' haben; oder sie haben sie nicht, und ohne dieselbe werden sie euch auch nichts von dem glauben, was ihr ihnen erzählt."

„Welches sind denn eure richtigen Namen, so wie ihr euch im Meer gegenseitig nennt?", wollte Laërka wissen.

Finnabair lachte. „Jetzt wird es richtig schwer. Das kann ich so nicht beantworten."

„Warum nicht, Großmutter?", hakte Laërka nach.

„Weil wir nicht materiell sind. Wir sind geistige Wesen, Elementarwesen. Als solche verwenden wir nicht eine von Stimmbändern geformte Sprache, sondern spüren das, was andere uns mitteilen wollen, ätherisch. Wir formen auch die Namen ätherisch. Namen sind in der Anderswelt unser Dasein. Wenn ihr also einen Namen für meine Mutter suchen würdet, der ihrem Wesen nahekäme, so würdet ihr sie vielleicht ‚Ah' nennen oder ‚Ah-Oh-Ah', versteht ihr?"

„Und wie würdest du dann heißen, Großmutter?", fragte Laërka weiter.

„Ebenfalls ‚Ah', aber anders betont", antwortete Finnabair. „Doch jetzt sollten wir die Fragestunde allmählich beenden, das ist ja schlimmer als in der Schule; außerdem kommen gerade Alan, Gawain und Tom ins Haus und werden gleich hier sein."

Da wurde die Tür auch schon aufgerissen, und die drei Genannten kamen ins Zimmer.

Den Mädchen wurde erstmals bewusst, dass ihre Mutter, beziehungsweise ihre Großmutter anscheinend Ereignisse schon sehen konnte, ehe sie eingetreten waren. Jetzt verstanden sie plötzlich manches von dem, worüber sie sich früher gelegentlich gewundert hatten.

Als sie an diesem Abend ins Bett gingen, schwirrte ihnen noch immer der Kopf von all dem Neuen.

DEIRDRES ERLEBNIS

Von Aidans und Sabines fünf Kindern war Deirdre, die Drittgeborene, ein außergewöhnlich schönes Mädchen, bisweilen etwas eigenwillig, ja sogar eigenbrötlerisch, zugleich aber beherzt und freundlich. Ein halbes Jahr, nachdem ihre ‚Tante' Alayna und ihre beiden Schwestern Laërka und Iva ihren Verwandten aus der Welt der Elementarwesen begegnet waren, hatte auch Deirdre ein merkwürdiges Erlebnis mit den Naturwesen.

Es waren Sommerferien, und Deirdre durfte ein paar Tage mit einer befreundeten Klassenkameradin zusammen in deren Ferienhaus in Beuron am Fuße der Schwäbischen Alb wohnen. Die Mädchen unternahmen mit ihren Fahrrädern Ausflüge in die Alb und konnten auch in der jungen Donau paddeln und schwimmen gehen. Eines Tages machten sie einen Ausflug ins Grüne. Sie radelten die Bära flussaufwärts, ein Flüsschen, das westlich von Beuron in die Donau mündet. Wie sie es anstellten, konnten sie später nicht mehr sagen, doch sie verirrten sich, als sie vom Flussbett kurz abwichen und verloren sich dabei auch noch gegenseitig aus den Augen. Der Tag war warm, es gab Wasser in erreichbarer Nähe und die Wildnis war auch nicht wirklich großflächig oder gefährlich. Während Deirdres Klassenkameradin Anna-Myrthe dennoch Todesängste ausstand, war Deirdre recht vergnügt und betrachtete das Ganze als lustiges Abenteuer. Da sie wusste, dass sie der Bära nur zu folgen brauchte, um zur Donau und damit wieder in bekanntes Terrain zu gelangen, suchte sie als erstes das Flüsschen auf, das sie auch schnell fand, ging dann aber zunächst *flussaufwärts* weiter. Das Rauschen des Wassers weckte etwas wie eine Art Erinnerung in ihr, doch keine, die durch ein biographisches Erlebnis zustande gekommen wäre.

Sie mochte den Fluss und gab sich seinem Tönen, Strömen und Schäumen ganz hin, und als sie an eine natürliche Staustelle kam, setzte sie sich ans Ufer und ließ die bloßen Füße ins Wasser hängen. Wie sie so halb träumend ins fließende Wasser blickte, erhob sich aus dem Flussbett ein hauchzarter Jüngling, der sie erstaunt ansah. Deirdre blickte schweigend und ebenso erstaunt zurück.

„Siehst du mich?", fragte der Jüngling unsicher.

„Klar, du siehst mich doch auch."

Der Jüngling schien zu erschrecken, fasste sich aber schnell wieder und sagte: „Normalerweise sehen und hören Menschen uns nicht."

„Und wer ist ‚uns'?", fragte Deirdre.

„Na, uns Undinen."

„Dann bist du ein Undinerich?", fragte Deirdre.

„Nein, ich würde eher sagen, ich bin ein Nix oder ein junger Nöck. Interessiert dich das?"

„Ja, das tut es. Wo kommst du denn her, aus dem Wasser?"

„Klar", antwortete der Nöck, „Wasser ist mein Lebenselement."

„So kannst du unter Wasser leben? Wie atmest du denn?"

„Ich brauche nicht zu atmen, ich lebe doch."

„Aha. Bist du allein oder seid ihr viele?"

„Unzählbar viele", antwortete der Nöck. „Soll ich ein paar meiner Schwestern rufen?"

„Dauert das lang?"

„Einen Wimpernschlag nur; warte kurz."

Damit verschwand das Wesen und Deirdre fragte sich, ob sie geträumt habe. Einen Atemzug später quoll jedoch schon eine beachtliche Schar feiner, menschenähnlicher Jungen und Mädchen aus dem Wasser, alle angetan mit fließenden Seidengewändern von verschiedenen Grün- und Blautönen.

Ein feiner Klang ertönte, da bildeten die Wasserwesen eine Gasse, durch welche ein etwas anderes Wesen glitt. Es war ein wunderschönes Mädchen mit Flügeln; es kam direkt auf Deirdre zu, blieb vor ihr stehen und blickte ihr unverwandt in die Augen. Merkwürdigerweise empfand Deirdre überhaupt keine Angst.

„Hallo", sagte sie freundlich zu dem Wesen.

„Tatsächlich", erwiderte das Wesen, „du siehst uns."

„Ja, und ich finde euch schön", sagte Deirdre.

„Hm, das freut mich", sagte das Wesen. „Wie lautet dein Name?", fragte es dann und Deirdre nannte ihren Namen.

„Und wie heißt du?", fragte sie das Wesen.

„Kyma", antwortete dieses, „meine Großmutter herrscht über die Meere, mein Vater ist ein Okeaniden-Prinz und meine Mutter eine Harpyie."

„Das ist ja toll. Aber du musst meine Unwissenheit entschuldigen, ich kenne diese Wesen nicht, die du mir genannt hast. Ich habe noch nie von ‚Okeaniden' gehört. Und was ist eine Harpyie?"

„Ach je", sagte das Wesen, „du hast nie von uns gehört?"

„Nein, nie."

„Dann", sagte das Wesen, „darfst du auch zu keiner Menschenseele ein Wörtchen darüber verlauten lassen. Diese Begegnung muss unser Geheimnis bleiben, verstehst du?"

„Nein, aber ich will gern darüber Schweigen bewahren. Es soll also unser Geheimnis sein?"

Kyma lächelte und strich Deirdre über das lockige Haar.

„Wir sind jetzt Freundinnen", sagte sie, und Deirdre wurde es warm ums Herz.

„Ja, gern", erwiderte sie.

„Und wir werden uns öfters wiedersehen", sagte Kyma.

„Gern", bestätigte Deirdre.

„Dann werde ich dir heute noch etwas Wunderschönes zeigen", bot Kyma an, „komm kurz mit uns mit; es dauert nicht lange."

Sie nahm Deirdre bei der Hand und die Schar der Undinen und Nöcken folgte ihnen. Sie gingen das Flussbett entlang, und Deirdre schwebte über die Wasser wie eine der Undinen, die sie umgaben. Sie kamen an einen senkrechten Abgrund von mehreren Hundert Meter Tiefe. Das Wunderbare daran war, dass die Bära von unten aus dem Abgrund emporstieg, also ganz offenkundig bergauf floss, über die Felskante gischtend in ihr vertrautes Bett rauschte und dann erst Richtung Donau strömte. Wo sie über die Felskante empor plätscherte, erstrahlten, einer über dem andern, zwölf wunderbare Regenbogen im Sprühnebel des Flusses. Sie waren von solcher Leuchtkraft, wie Deirdre solches nie zuvor gesehen hatte.

„Der zwölffache Bogen der Herrin der Wasser", jubelten die Undinen.

Deirdre hatte vor so viel Schönheit Tränen in den Augen. Kyma betrachtete sie von der Seite und dachte bei sich: ‚Das mag ihr für heute das Leben retten; das nächste Mal wird sie vielleicht sterben.' Sie umarmte Deirdre und zog sie vom Abgrund fort.

„Du musst heim", sagte sie, „Anna-Myrthe wartet schon auf dich."

Deirdre kam wieder zu sich. „Tausend Dank für dieses wunderbare Erlebnis", sagte sie und umarmte Kyma. An Kymas Hand glitt sie nun mit den anderen zurück und hatte in zwei Atemzügen jene Autostraße erreicht, wo die Bära in ihrem Lauf einen rechten Winkel von Südosten nach Südwesten bildet. Kyma und die Naturwesen waren mit einem Mal verschwunden. Deirdre blickte erstaunt um sich. Diese Straße, auf der sie sich befand, war ihr vertraut, sie verlief nur einen Katzensprung von der Sigmaringer Straße entfernt, welche ein paar Hundert Meter östlich davon nach Beuron führt.

Als Deirdre sich wenige Minuten ostwärts von der Bära entfernt hatte, saß da ihre Klassenkameradin Anna-Myrthe auf einem gefällten Baumstamm am Weg und stieß bei ihrem Anblick einen Freudenschrei aus. Sie sprang auf und fiel Deirdre um den Hals.

„Ich bin fast verlorengegangen", presste sie hervor. „Man hätte mich lebend nicht mehr rechtzeitig gefunden, und ich wäre im Wald verhungert. Dann hätte mich ein Bär aufgefressen, und so hätte tragisch ein Spaziergang der Schülerin Anna-Myrthe in Leid und Weh geendet."

„Oh je, so melodramatisch?" Deirdre lachte.

Auf dem Heimweg hatten sich die Freundinnen viel zu erzählen, und Deirdre musste ständig achtgeben, dass sie keine Geheimnisse ausplauderte.

Was Deirdre an diesem Nachmittag am Flüsschen nicht wahrgenommen hatte, waren jene stillen Beobachterinnen, welche ebenfalls die Bära bewohnten und auch zu den Undinen gehörten. Die hatten aus ihren Verstecken heraus Deirdres Begegnung mit Kyma aufmerksam verfolgt und meldeten ihre Beobachtung nun den Nymphen der Bära, die sie an andere, höhere Wasserwesen weitergaben. Drei Wimpernschläge später erfuhren es auch schon Ran und ihre acht schönen Töchter samt Kindern und Kindeskindern im Weltmeer.

Ran sandte sofort Unnr, die Schäumende, und Kolga, die Kühlende, zur Donau, damit sie Deirdre gegebenenfalls beschützen konnten. Jetzt, wo klar war, dass auch Deirdre ‚die Gabe' hatte, sollten sie mit Deirdre sprechen und sie warnen.

Doch davon ahnte Deirdre noch nichts. Sie saß mit Anna-Myrthe beim Abendbrot und bedauerte sehr, dass sie Kyma Stillschweigen versprochen hatte.

DIE WARNUNG

Unnr und Kolga glitten in Gedankenschnelle durch Brigach und Breg und flogen dann die junge Donau entlang bis nach Beuron. Dort hielten sie sich im Fluss bereit. In der Nacht, als Anna-Myrthe und Deirdre fest schliefen, schlüpften sie in einen von Deirdres Träumen und flüsterten ihr zu, sie habe Verwandten-Besuch bekommen und solle jetzt bitte vor das Haus treten und zur Donau gehen. Deirdre wachte auf, und weil der Traum so realistisch gewesen war, stand sie wirklich auf, zog sich ihren Trainingsanzug über und schlich sich aus dem Haus. Draußen war es neblig, und ein großer blasser Mond stand über dem Dunst. In seinem Licht sah die Welt wie verzaubert aus.

Als Deirdre unterwegs zur Donau war, schälten sich aus dem Nebel immer mehr Gesichter und Gestalten heraus, verschwammen kurz wieder, um sich gleich darauf neu zu bilden und flüsterten und wisperten ihr Dinge zu, und Deirdre verstand sogar einzelne Wörter und Satzfetzen davon: „Ihre Großtanten … Ist sie nicht bezaubernd schön? Ganz die Großmutter … Sieht ihrer verstorbenen Tante Deirdre ähnlich … haben dich lieb … " Je länger Deirdre um sich sah und lauschte, desto besser sah und hörte sie, was die Gestalten tuschelten.

Als sie zum Fluss kam, warteten dort zwei wunderschöne Frauen auf sie, die Ähnlichkeit mit ihrer Großmutter Finnabair hatten. Sie waren in weich fließende, seidenartige Gewänder gehüllt und trugen silberne Krönchen auf den dunklen Locken. Sie gingen auf Deirdre zu, umarmten sie und eine von ihnen, die sich Kolga nannte, sagte: „Herzlich willkommen, liebes Kind! Wir sind zwei der Schwestern deiner Großmutter Finnabair, die bei uns im Meer

Himinglæva hieß. Unsere Namen sind Unnr und Kolga. Wir sind von deiner Urgroßmutter Rana geschickt worden, dich zu behüten, denn es droht dir Gefahr."

Und Unnr sagte: „Ab jetzt wirst du alle deine Verwandten aus der Welt der Elementarwesen kennenlernen, denn du hast ebenfalls ‚die Gabe', genau wie deine beiden Schwestern und Alayna. Zu ihnen konnten wir schon etwas früher durchstoßen, da warst du noch zu jung. Willkommen in unserer Welt, Deirdre!"

Die Angesprochene wusste nicht, wie ihr geschah und konnte mit den Worten der Frauen nicht allzu viel anfangen. „Ich verstehe gar nichts", sagte sie offen.

Die Schönen lachten. „Das werden Finnabair und Aidan morgen ändern", sagten sie „für heute wollen wir dir zuerst einmal deine Verwandten vorstellen und natürlich dich auch ihnen, denn sie sind schon lange neugierig auf dich."

„Gehört ihr zu den Scharen von Kyma?", fragte Deirdre. „Die habe ich nämlich gestern kennengelernt."

„Deshalb sind wir heute Nacht auch zu dir gekommen. Kyma tut so, als wolle sie deine Freundin sein, doch in Wirklichkeit will sie dich töten."

Deirdre blickte die Frauen unsicher an. „Das glaube ich nicht", erwiderte sie.

Unnr legte Deirdre ihre Hand auf die Schulter und sagte: „Kymas Vater hat die erste Tochter deiner Großmutter, nach welcher du Deinen Namen erhalten hast, und deren ersten Verlobten getötet."

Und Kolga fügte hinzu: „Und Kymas Mutter, die Harpyie Armorika, hat den zweiten Verlobten deiner Großtante zerfleischt und durch ihre Machenschaften beinahe auch den dritten Freund Deirdres umgebracht. Davon hat dir Kyma bestimmt nichts erzählt."

„Wie soll das zugehen: Zuerst wurde Tante Deirdre getötet und hinterher erst ihre zwei Verlobten?", fragte Deirdre verwirrt.

„Du hast richtig gehört", bestätigte Unnr. „Wie das geschehen konnte, wird dir deine Großmutter morgen erzählen; doch heute Nacht wollen wir gemeinsam dein Erwachen für unsere Welt feiern. Sieh doch einmal zur Donau hin!"

Als Deirdre zum Fluss hin blickte, sah sie eine unüberschaubare Schar ähnlicher Wesen dem Wasser entsteigen, wie die beiden Frauen vor ihr und dabei ertönte eine Art Musik, die war so lieblich, dass Deirdre wie verzaubert lauschte. Dann stand mit einem Mal eine derart gewaltige Persönlichkeit vor ihr, dass Deirdre auf die Knie fiel und das Gesicht in den Händen verbarg. Das mächtige Wesen sagte jedoch ganz freundlich: „Ich bin deine Urgroßmutter Ran. Ich freue mich, dass du für unsere Welt erwacht bist! Frage nur morgen deine Großmutter nach mir, so wird sie dir alles erzählen, was du wissen solltest. Doch jetzt lass dich anschauen, liebes Kind! Du bist ja eine wunderhübsche Menschenfrau! Und die Ähnlichkeit mit deiner Namensschwester ist auch sofort zu erkennen!"

Sie wandte sich an die Schar der Nymphen, die von zahllosen Undinen und anderen Wesen begleitet wurden, und sagte: „Dies ist eure Großnichte, das dritte Kind von eurem Neffen Aidan. Ist sie nicht wunderschön?"

Einige der schönsten Frauen, die Deirdre je erblickt hatte, traten nun zu Ihr hin, stellten sich selbst mit Namen vor und umarmten Deirdre. Jede von ihnen gab ihr ein hübsches perlmutternes Schneckenhaus zum Geschenk und Rana hielt einen kleinen Seidenbeutel aus jenem Stoffe in der Hand, aus dem ihrer aller Gewänder gefertigt schienen; in den hinein legte Ran die Geschenke ihrer Töchter.

„Ich bin Dufa, die Hohe", sagte die erste Schöne, umarmte Deirdre und küsste sie auf beide Augen.

„Ich bin Hefring, die Steigende", stellte die Zweite sich vor, zauste liebevoll Deirdres Haar und küsste sie auf beide Ohren.

„Mein Name ist Hrönn, die Fließende", sagte die Dritte, streichelte Deirdre über den Kopf und küsste sie dann auf die Nasenspitze.

„Und ich bin Bylgja, die Woge", sprach die Vierte, drückte Deirdre an sich und küsste sie auf den Mund.

Die Fünfte sprach: „Mein Name lautet Blodughadda, die Bluthaarige, weil ich den roten Schaum auf die Wogen werfe." Damit umarmte sie Deirdre und küsste sie auf die Stirn.

Nun kamen auch Unnr und Kolga als Sechste und Siebte hinzu und Unnr sagte: „Mein Name ist Unnr, die Schäumende", und sie legte Deirdre ihre Hände auf die Schultern und küsste sie auf Hals und Brust.

„Und ich bin Kolga, die Kühlende", sagte die nächste, strich Deirdre über den Rücken und küsste sie auf die Stelle über dem Herzen.

Als Achte trat eine wunderbare amazonenhafte Nymphe vor, drückte Deirdre fest an sich und sprach: „Ich bin Bora, die Zerstörerin, und ich schenke dir Stärke", und damit küsste sie Deirdres beide Handinnenflächen.

Ran reichte Deirdre den Beutel voller Schneckenhäuser und fügte hinzu: „Von meiner ältesten Tochter Himinglæva, der Himmelsklaren, hast du dein Leben als Geschenk erhalten; sie gab es dir über ihren Sohn Aidan. So, und nun begrüße noch alle Kinder und Kindeskinder meiner Töchter, die riesige Schar der Nymphen, Undinen, Nixlein und Nöcken. Wir werden sie nicht auch noch mit ihren Namen vorstellen, denn das würden dann schnell einige tausend werden; die behältst du sicher nicht alle aufs Mal, oder?"

Rana und ihre Urgroßenkelin lachten.

Dann brandete die Schar der Verwandten gegen Deirdre an, sodass diese emporgehoben und von Tausenden von Händen und Händchen getragen wurde, und sie fühlte sich leicht und weich wie auf Wellengang im Wasser. Deirdre küsste alle die hübschen Gesichter, die sich ihr entgegenreckten und umarmte die Wesen, so gut sie es bei deren großer Anzahl vermochte.

„Und jetzt wird gefeiert", verkündete Rana, und die Riesenschar flog und glitt über das Wasser dahin, wobei Deirdre wie eine Nymphe mitflog. Sie verstand plötzlich, warum alle acht Schwestern sie geküsst hatten, denn sie hörte, spürte, sah und nahm plötzlich alles genauso wahr wie ihre Verwandten, ohne dass sie dazu weiterer Hilfe bedurft hätte.

Plötzlich befanden sie sich in einem riesigen Saal, der herrlich ausgestattet und geschmückt war, und eine wunderbare Musik erklang. Kleine dienende Wesen brachten Speisen und Trank herein und Musikanten spielten so schöne Weisen, dass Deirdre die Tränen kamen. Sie verstand sehr wohl, dass sie sich tief unter Wasser befand, doch sie konnte atmen und fühlte sich wohl.

‚Das sind ja herrliche Geschenke, die meine Verwandten mir gemacht haben', dachte Deirdre, doch da beugte sich Rana zu ihr herüber, küsste sie auf die Stirn und sagte: „Liebes, das bist du uns hunderttausendmal wert. Vergiss nicht, dass wir alles, was du denkst, hören und wahrnehmen können."

„Ach so", antwortete Deirdre verlegen.

Am Morgen gegen 9 Uhr erwachte Deirdre in ihrem Gastbett im Zimmer neben dem ihrer Freundin Anna-Myrthe. Sie brauchte eine Weile, um sich in der irdischen Umgebung wieder zurechtzufinden. Dann erinnerte sie sich an die Ereignisse des Vortags.

Da war doch dieser merkwürdige Ausflug die Bära entlang gewesen, wo ihr Kyma begegnet war. Kyma, die ihre neue Freundin sein wollte. Kyma, mit der sie ein Geheimnis teilte oder verband. Kyma, die vorgab, ihre Freundin zu sein.

Doch dann kam ihr jäh die Erinnerung an die vergangene Nacht zurück. Sie erhob sich und setzte sich auf den Bettrand. Was hatte sie für merkwürdige Dinge geträumt? Ihre Verwandten aus dem Wasser? Was für eine krause Fantasie sie doch in letzter Zeit entwickelte! Ihre Urgroßmutter – eine Nymphe, eine Göttin oder ein anderes Wasserwesen! Sie musste lachen.

Als ihr Blick aber auf die Stelle neben ihrem Kopfkissen fiel, verging ihr das Lachen schnell: Dort lag das Säckchen mit den Geschenken der Verwandten.

Sie griff danach, öffnete es und betrachtete staunend die herrlichen Gaben darin. Perlmuttfarbene kunstvolle Häuser mit Noppen und Zacken, Strahlen und Stoppeln, mehrfarbig leuchtend und geheimnisvoll schimmernd. Das brachte sie etwas durcheinander. ,Ist es nun doch kein Traum gewesen?', dachte sie, halb sehnsuchtsvoll, halb ängstlich.

„Nein, das war echt", gab sie sich selbst die Antwort.

Das herrliche Antlitz von Bora, der Bebenwoge, der wilden Zerstörerin, trat vor ihr inneres Auge. Diese Schönheit, gepaart mit Kühnheit und siegessicherer Kraft!

„Bora, du musst meine Patin werden!", flüsterte sie.

Dann dachte sie an die Worte ihrer Urgroßmutter Rana und an die von Unnr, dass sie am heutigen Tage von ihrer Großmutter Finnabair und ihrem Vater Aufklärung über die ungewöhnlichen Familienverhältnisse erhalten sollte. ,Darin wenigstens habt ihr euch getäuscht', dachte sie bedauernd, ,Großmutter und Vater sehe ich nämlich erst in drei Wochen, wenn die Ferien zu Ende sind.'

Dann zog sie sich an und ging zur Küche. Sie brauchte jetzt dringend eine Tasse Kaffee!

BESUCH

Als Deirdre gerade die Küche erreichte, ertönte aus dem Nebenzimmer Anna-Myrthes krächzige Morgenstimme: „Bist du schon auf?"

„Gerade aufgestanden", rief Deirdre.

„Warte, ich komme", rief Anna-Myrthe, „dann können wir zusammen frühstücken."

Deirdre hörte das Bett quietschen, daraufhin war es kurz still, dann öffnete Anna-Myrthe die Tür und kam in die Küche geschlurft.

„Boah! Habe ich fest geschlafen", verkündete sie.

„Hm", machte Deirdre.

Die Mädchen richteten das Frühstück und setzten sich zum Essen. Sie hatten eben angefangen, ihre Brote zu streichen, als es an der Haustür klingelte.

„Nanu, wer kann das sein?", fragte Anna-Myrthe mit vollem Mund.

Deirdre stand auf, ging zur Tür und öffnete. Draußen standen ihre Großmutter und ihr Vater.

„Hab schon gehört, dass ihr heute kommt", sagte sie. „Seid willkommen am Frühstückstisch! Wollt ihr Kaffee?"

„Gern", sagten die Ankömmlinge gleichzeitig.

„Rana hat euch letzte Nacht angekündigt", erzählte Deirdre, als wäre es die selbstverständlichste Sache der Welt, so etwas zu wissen. „Heute müsst ihr mir Rede und Antwort stehen; aber das wisst ihr wahrscheinlich schon."

„Ja", sagte Finnabair und Aidan nickte. „Deshalb sind wir da."

Als sie ins Haus traten, bemerkte Deirdre, dass ihr Vater ihren Geigenkasten in der Hand hielt.

„Du hast nicht etwa meine Geige mitgebracht?", fragte sie ihn.

„Doch", nickte er, „ich sollte das machen."

„Spinnst du? Ich werde in meinen Ferien ganz bestimmt nicht die verdammte Geige in die Hand nehmen", fauchte sie.

Als Laërka, Deirdres älteste Schwester, Zweitklässlerin geworden war, sollte sie auf Anraten des Musiklehrers ein Instrument zusätzlich zur Blockflöte erlernen, die alle Kinder ohnehin seit dem Kindergarten spielten. Nach einigem Zögern entschied sie sich für die Geige. Als die anderen Geschwister dasselbe Alter erreicht hatten, begannen sie ebenfalls mit einem zusätzlichen Instrument: Alan spielte Cello, Gitarre und Klavier, Deirdre mehrere Flöten, Kantele, Krummhorn und Geige. Gawan lernte Cello, Banjo und Schlagzeug und Iva Geige, Klavier, Kantele und Harfe. Bei einigen von ihnen hatte es Zeiten gegeben, in denen das tägliche Üben nicht so ganz selbstverständlich erfolgt war, sondern mehr oder weniger holperte, am stärksten bei Deirdre; irgendwann wollte sie das Geigen sogar ganz aufhören. Ihre Mutter stellte ihr dazu jedoch eine Bedingung: „Du darfst gern ein anderes Instrument zusätzlich erlernen; aber die Geige spielst du so lange weiter, bis du im Schulorchester von der dritten in die erste Geige aufgestiegen bist; dann darfst du gern aufhören."

Deirdre grollte immer einmal wieder darüber und versprach ihren Eltern, wenn sie erst 18 Jahre alt geworden sei, werde sie die Geige zerhacken und die Stücke verbrennen. Daher reagierte Deirdre beim Besuch ihres Vaters und der Großmutter so heftig über das mitgebrachte Instrument.

Finnabair und Aidan kamen in die Küche und begrüßten Anna-Myrthe, die sofort aufrechter bei Tisch saß und ab da auch ganz manierlich aß, und setzten sich zu ihr, während Deirdre Kaffee kochte.

Dann frühstückten sie zusammen, und Anna-Myrthe konnte sich nicht sattsehen an Deirdres attraktivem Vater und ihrer wunderschönen, blühend jungen Großmutter.

Nach dem Frühstück baten die Erwachsenen Anna-Myrthe, für etwa eine Stunde etwas Wichtiges mit Deirdre allein besprechen zu dürfen, und Anna-Myrthe war sofort dazu bereit und ging auf einen Dorfbummel nach Beuron. Als sie das Haus verlassen hatte, berichtete Finnabair, weshalb sie zu Besuch kamen und dass Deirdre bei der Begegnung mit Kyma wohl nur knapp dem Tode entgangen sei.

Dann folgte die ungewöhnlichste Familiengeschichte, die Deirdre je gehört hatte, und sie kam aus dem Staunen nicht mehr heraus. Was in ihrem Bewusstsein noch halb Traumerlebnis gewesen war, verdichtete sich mit dem Bericht ihrer Großmutter zur konkreten Familiengeschichte und damit zu einem Teil ihrer eigenen Biographie. Am Ende saß sie wie erschlagen am Tisch und konnte die Tatsache kaum fassen, dass Finnabair zugleich ein Mensch und eine Nymphe sei. Und dass ihre eigenen, beileibe nicht alltäglichen Erlebnisse nicht auf Spinnerei zurückzuführen waren, sondern auf eine seltene und kostbare Gabe, ,das Zweite Gesicht'.

Am Ende sagte sie: „Gut. Das alles muss ich jetzt zuerst einmal verdauen. Es ist noch ein weiter Weg vom Anhören einer ungewöhnlichen Geschichte bis zum Einbau derselben in mein Welt- und Lebensbild. Doch – nebenbei – warum habt ihr mir eigentlich die Geige mitgebracht?"

Die Erwachsenen lächelten.

„Jetzt kommt schon, macht's nicht so spannend!", bohrte Deirdre.

„Nun", ergriff Finnabair das Wort, „dass du ,die Gabe' hast, weißt du ja jetzt. Was das aber bedeutet, kannst du noch nicht so ganz ermessen."

„Und was bedeutet es?", fragte Deirdre.

„Zum Beispiel, dass du dich jederzeit, wenn du es willst, in eine Art von Überbewusstsein versetzen kannst. Du bist dann nicht allein Mensch, sondern tatsächlich auch ein bisschen Nymphe, das meine ich jetzt von deinem Bewusstsein her, und du kannst dadurch in sofortigen Kontakt zu deinen Verwandten im Wasser treten. Nun ist dir ja vielleicht schon bekannt, dass das Wasser zu allem Tönen, Klingen und also auch zur Musik eine besondere Verwandtschaft hat. Deswegen singen die Vögel morgens und abends, wenn der Tau steigt oder fällt; deswegen singen auch viele Menschen in ihrem Badezimmer, wenn das Wasser in die Wanne einläuft; und deswegen trägt der Nebel den Schall weiter als die trockene Luft. Du bist seit gestern durch deine Verwandten mit dem Wasser ebenso eng verbunden wie wir es sind, und du wirst dich daher bald an die wunderbaren Melodien der Anderswelt zurückerinnern können, die jeder andere nach kurzer Zeit vergessen würde. Du wirst sie zunächst singen, aber dann auch spielen wollen und dabei wird dir deine Geige helfen. Du brauchst übrigens nicht daran zu glauben, es funktioniert auch ohne Glauben."

Deirdre stöhnte.

„Und noch etwas", fuhr ihre Großmutter fort, „was du denkst, fühlst und vor dich hin sagst, auch wenn du scheinbar allein im Zimmer bist, wird ab jetzt von den Wesen der Anderswelt deutlich wahrgenommen. So ist dein Wunsch, den du gestern geäußert hast, Bora zur Patin zu bekommen, nicht ungehört geblieben. Bora ist glücklich darüber und auch herzlich gern dazu bereit. Sie war so außer sich vor Freude, als sie mir davon erzählt hat, wie ich sie früher nie erlebte; sie wirkte dabei fast schon ein bisschen menschlich."

Deirdre staunte. „Und was muss ich machen, wenn ich einmal etwas geheimhalten will?", fragte sie.

Ihr Vater lachte: „Du musst nur deine Gedanken nicht in Worte fassen. Behalte sie bei dir, dann kann keiner sie lesen oder hören."

Sie plauderten noch eine kleine Weile miteinander, dann kam auch Anna-Myrthe zurück. Auf Finnabairs Vorschlag hin machten sie zusammen nun einen ausgedehnten Spaziergang im Naturpark Obere Donau und kehrten dann zum Mittagessen in ein Gästehaus in Beuron ein. Nach dem Essen verabschiedeten sich Finnabair und Aidan wieder von Deirdre und Anna-Myrthe und fuhren heim. Draußen begann es eben zu regnen.

Als Anna-Myrthe am Nachmittag bei einer Freundin ihrer Eltern zu Besuch war, setzte Deirdre sich auf ihr Bett und versuchte, die Melodien der Anderswelt in sich wachzurufen. Was dann geschah, war ihr selbst unfasslich: Die zauberhaften Weisen drangen mit einem Mal und mit solcher Wucht auf sie ein, als ob ein Damm gebrochen wäre und die Fluten sich durch die entstandene Lücke wälzten und weitere Teile des Dammes einfach wegrissen. Deirdre versuchte, die Zauberweisen in hörbare Klänge umzusetzen und zu singen, griff dann jedoch schnell zu ihrem geschmähten Instrument und bemühte sich, das Gehörte in Tonfolgen zu fassen und so zu Melodien zu formen. Das gelang ihr nicht gut und sie wurde immer zorniger.

Nach wenigen Minuten war ihr, als sei jemand ins Zimmer getreten. Sie blickte sich um, doch sie sah nichts.

„Schließe die Augen", sagte eine vertraute Stimme ganz ruhig.

„Bora!", sprach Deirdre erfreut.

„Ja, ich bin da. Ich zeige dir, wie du es anfangen musst."

Zwei kühle Hände legten sich auf die ihren, bremsten deren heftige Bewegung und hielten sie dann ganz fest. Zuletzt legte Bora beide Hände an Deirdres Stirn. Mit einem Mal war ihr, als ob sich ihre ganze Cholerik und ihr Zorn über das bisherige Misslingen zu einem gigantischen, welterschütternden Willensimpuls zusammenballten. Sie überlegte nicht mehr, wie sie das Gehörte in Melodien fassen könnte, sondern griff die Widerstände ihres Geigenspiels in einer reißenden Woge aus geballtem Wollen an und spielte, als ob sie Häuser, Bäume, Erdreich und alles, was darauf kreucht und fleucht, in die Donau spülen wollte.

Bora lachte leise. „So gefällst du mir!", lobte sie.

Und Deirdre spielte wie im Rausch weiter, ließ ihre wildesten Weisen gegen alles anbranden, was sich ihr und ihrem Spiel in den Weg zu stellen versuchte, überschüttete die graue verregnete Alltagswelt mit den herrlichen, funkelnden, schäumenden, glitzernden Wogen, Wellen und Spritzern ihrer Zauberweisen, sodass alles Alltägliche, Graue, Triviale und Banale brechend und splitternd von dieser wilden Musik hinweggeschwemmt wurde und das vor Freude sprühende, sonnendurchblitzte Wassers alle Räume der Erde erfüllte.

Bora umarmte sie und flüsterte ihr zu: „Das wird in Zukunft dein Musizieren sein, nicht das holprige Üben, das einer schäbigen Rechenaufgabe ähnelt. Verändere die Welt mit echter Musik! Du kannst es!"

„Danke, Bora!", jubelte Deirdre und setzte die Geige wieder an.

Es war dieses wilde Spiel, das ihr später bei Konzerten den Namen ‚Teufelsgeigerin' eintrug. Sie wurde eine weltberühmte Improvisationskünstlerin, und niemand sah sie je wieder vor einem Notenpult stehen und nach Noten spielen.

DER ANGRIFF

Unterdessen geschahen in der Anderswelt Dinge, die auf die späteren Ereignisse in der Alltagswelt Licht und Schatten warfen.

In einem herrlichen Palast im Meer stand ein zitterndes Prinzesschen vor seiner Großmutter, der Herrin der Meere, und musste sich Dinge anhören, die ihm gar nicht gefielen.

„Meine liebe Kyma", sagte Tethys, „genügt es noch nicht, dass dein Vater und deine Mutter verbannt wurden? Willst auch du noch für die nächsten Jahrtausende in einen stinkenden Geysir eingesperrt werden und dort angekettet leben müssen? Solches blüht dir nämlich, wenn du die Finger noch einmal nach einer der Nachkommen von Rana ausstreckst. Wir leben nicht in Fehde mit Rans Töchtern, sondern arbeiten seit alters friedlich zusammen, und das soll auch so bleiben! Und wenn du kleiner Rotzlöffel meinst, die Gesetze des Meeres nach deinem Gusto beugen zu können, so werde ich meine Hand nicht länger zum Schutz über dich halten. Es ist jetzt endgültig vorbei mit diesen privaten Rachefeldzügen, hast du mich verstanden?"

Kyma nickte und piepste.

„Außerdem hat Deirdre, der du nach dem Leben trachtest, mächtige Verbündete. Sie werden keine Rücksicht auf deine Unerfahrenheit nehmen, wenn sie ihre Verwandte beschützen. Also hüte dich vor weiteren Angriffen! Und jetzt geh mir aus den Augen!"

Damit scheuchte Tethys die junge Kyma aus dem Palast. Doch diese blieb nicht etwa brav im Reich ihrer Großmutter, sondern kehrte ganz schnell an die Donau zurück. Es war vordergründig keine Rachsucht, weshalb sie Deirdre nachstellte, sie wollte das Mädchen nur noch einmal oder auch ein paarmal sehen; außerdem mochte sie Deirdre und fand sie irgendwie sogar süß. Andrerseits war sie von ihrer Mutter Seite her eine echte Harpyie und hätte Deirdre aus lauter Sympathie am liebsten aufgefressen. Oder wenigstens ein bisschen zerrissen. Sie erschauerte, wenn sie daran dachte.

Die Mahnungen ihrer Großmutter verblassten schon beim Verlassen des Salzwassers. Kaum dass sie wieder in den Süßwasserregionen des Festlands weilte, wollte sie nur noch das Menschen-Mädchen beschnuppern und vielleicht ein bisschen beißen. Oder fressen. Schnell sammelte sie die Scharen ihrer treuen Undinen und plätscherte mit ihnen in der jungen Donau herum.

In der Nacht, als es rundum still geworden war, kroch Kyma aus der Donau, flog zu dem Ferienhaus, in welchem Deirdre schlief und schlüpfte in einen von Deirdres Träumen. Dort flüsterte sie ihr zu, sie wolle sich mit ihr am Fluss treffen.

Deirdre erwachte, stand auf und kleidete sich leise an. Dann huschte sie in die Nacht hinaus und schlenderte zur Donau hinunter.

Kyma wartete schon auf sie. Sie umarmte Deirdre und fragte, ob sie ihr an der Bära noch einmal etwas Wunderschönes zeigen dürfe.

Deirdre sah Kyma ruhig an und fragte: „Warum willst du mich töten?"

Kyma erschrak. „Wer hat so etwas behauptet?", fragte sie.

„Meine Verwandten haben es mir gesagt", antwortete Deirdre.

Kyma fing an zu zappeln und stotterte: „Ich will dich gar nicht töten, dann würde ich dich ja verlieren. Ehrlich! Aber ich will dich auch von Herzen gern auffressen oder ein bisschen zerreißen, das ist aber nicht bös gemeint."

„Wir könnten gute Freundinnen sein", sagte Deirdre, „aber dann müsstest du mich beschützen und dürftest mich nicht verletzen."

„Ich wäre gern deine Freundin", piepste Kyma.

Deirdre, die sich unter dem Schutz von Bora wusste, folgte Kyma zum Flüsschen Bära und Kyma führte sie wieder an jenen Abgrund, den sie ihr schon einmal gezeigt hatte. Die Scharen der Undinen, die sie das letzte Mal begleitet hatten, folgten ihnen auch jetzt wieder und umspielten sie.

„Was wolltest du mir zeigen?", fragte Deirdre.

„Du musst über den Felsrand in den Abgrund schauen", antwortete Kyma. „Ich halte dich dabei fest. Es kann also nichts passieren."

Damit reichte sie Deirdre die Hand, und diese ergriff sie und hielt sie fest.

„Also, Kyma, kann ich mich auf dich verlassen?", fragte Deirdre die kleine Harpyie noch einmal.

„Ich will dich doch nicht verlieren", piepste Kyma.

Deirdre beugte sich über den Rand des Abgrunds und blickte hinab. Da sah sie über das weite Land ausgebreitet wunderbare farbige Nebel, die von solcher Leuchtkraft und so zauberhaft schön waren, dass ihr der Atem stockte. Wie sie entzückt die sich wandelnden Nebelformen und ihr Farbenspiel mit den Augen verfolgte, geschah etwas Unerwartetes: Aus der dunklen Höhe stürzte sich eine ausgewachsene Harpyie kreischend auf Deirdre herab und wollte sie mit messerscharfen Klauen am Rücken und im Genick packen. Deirdre schrie auf, worauf sich auf der relativ niedrigen Bära ein ungewöhnliches Naturschauspiel vollzog: Flussauf- wie flussabwärts schob eine unbekannte Macht in Sekundenbruchteilen kilometerweit die Wasser mit solcher Gewalt und derart heftig zusammen, dass diese fast augenblicklich an jener Stelle in die Höhe schossen, wo die Bära aus dem Abgrund emporstieg. Begleitet wurde die Erscheinung von einem dumpfen Donnergrollen, das noch nicht verhallt war, als sich die Riesenwoge schon an die hundert Meter hoch erhoben hatte, um dann mit schrecklicher Wucht auf die beiden Harpyien herabzu stürzen. Bei ihrem Anstieg hatten die Wasser Deirdre von der Harpyie weg- und mit sich emporgerissen, sie ab dem Scheitelpunkt jedoch wie auf einer Rutschbahn rasend schnell, aber sanft wieder zur Tiefe gleiten lassen, ohne dass Deirdre irgendwo anstieß oder durch die fallenden Wasser verletzt wurde. Die Harpyien jedoch wurden von den Wassermassen, welche Steine und Erdreich mit sich führten und mit der Wucht von Lawinen abstürzten, böse zugerichtet.

Kyma hatte beide Flügel gebrochen und kroch jammernd im verwüsteten Bachbett herum, während die große Harpyie kreischend davonflog.

Aus der Dunkelheit der Wasser aber trat die wilde Bora hervor und legte den Arm um Deirdre. „Einer Harpyie kann man eben nie trauen, und sei sie noch so niedlich", sagte sie ruhig. Sie nickte zu Kyma hinüber. „Die Kleine ist nicht böse, doch immer noch eine Harpyie, auch wenn ihr Vater ein Okeanidenspross ist."

„Was waren das für wunderbare Nebel in der Tiefe?", fragte Deirdre, die sich von den Schrecken des Wellenritts schnell erholt hatte.

„Ach, das ist ein Spiel, das Undinen, Sylphen und Salamander manchmal zum Zeitvertreib miteinander spielen", antwortete Bora. „Gelegentlich hängen sich auch noch Gnome mit dran; dann sind die Farben dunkler und die Formen kräftiger."

„Was machen wir mit Kyma?", fragte Deirdre, der bewusst wurde, dass die junge Harpyie sich verletzt hatte.

„Nichts", antwortete Bora, „sie kann sich selber helfen."

„Ich möchte sie ungern allein lassen, jetzt, wo sie so jammert", stellte Deirdre fest.

„Gut, das liegt bei dir. Aber sei vorsichtig; die Kleine hat es faustdick hinter den Ohren." Bora umarmte Deirdre und diese dankte ihr für die Hilfe, die ihr das Leben gerettet hatte.

Als Bora fort war, stieg Deirdre ins Bachbett hinunter und watete zu Kyma. Sie half ihr ans Ufer und setzte sich dort neben sie.

„Das war falsch", sagte Kyma kleinlaut.

„Was denn?", fragte Deirdre.

„Dass ich Petunia gebeten habe, dich zu holen."

„Ja, das war falsch", bestätigte Deirdre.

„Bist du jetzt böse?", fragte Kyma.

„Geht so", antwortete Deirdre.

„Sei bitte nicht mehr böse", bat die kleine Harpyie.

„Was hätte denn Petunia mit mir machen sollen?", wollte Deirdre wissen.

„Dich zu mir ins Schloss bringen und einsperren, dass du nicht mehr weg kannst."

„Und das hätte dir gefallen?", fragte Deirdre verwundert.

„Ja, ganz arg", antwortete Kyma, „weil …, mit Großmutter kann man so gar nichts machen, sie spielt nicht mit mir, sie heckt keine Streiche aus, sie lacht nicht und sie ist sooo streng; sie befielt mir andauernd, Dinge zu tun, die keinen Spaß machen und sie macht mir Angst, wenn sie schimpft. Sie könnte mich mit einem Schnipsen der Finger töten."

„So schlimm?", fragte Deirdre.

„Noch schlimmer", piepte die kleine Harpyie und fing an zu heulen.

„Geh doch einfach zu deiner Mutter und deinem Vater; die freuen sich sicher, wenn sie dich wieder haben."

„Und wie soll ich das anstellen?", fragte Kyma ratlos.

Deirdre beugte sich ganz nah zu ihr hinüber und flüsterte ihr etwas ins Ohr. Sofort hörte die kleine Harpyie auf zu heulen und sah Deirdre bewundernd an.

„Boah!", staunte sie dann. „Das mache ich."

Dann trennten sie sich.

Die kleine Harpyie umarmte Deirdre und sagte zu ihr: „Du bist meine beste Freundin."

Damit verschwand sie und Deirdre kehrte nach Hause zurück. Es war bereits 4 Uhr, als sie sich ins Bett legte.

LOTHAR STIRBT

Während die beiden Familien von Finnabair und Aidan froh und glücklich waren und die jeweiligen Elternpaare das Heranwachsen ihrer Kinder mit Freude, Stolz und manchmal auch Herzklopfen verfolgten und begleiteten, wurde Sabines Bruder Lothar nach Deirdres Tod nie wieder so recht glücklich. Er hatte oft wechselnde Partnerinnen und schien zwar während seiner Besuche bei Sabine und Aidan ausgeglichen zu sein, doch das trog. Im Laufe der Jahre griff er immer öfter zur Flasche, um die innere Leere zu betäuben, die ihn unablässig schmerzte, und irgendwann konnte er nicht mehr verheimlichen, dass er an der Flasche hing. Alle merkten es, nur er nicht. Sabine war darüber todunglücklich und Finnabair, die mittlerweile zweimal im Jahr zu Besuch an den Bodensee kam, im Winter mit und im Sommer ohne ihren Mann, machte sich Sorgen. Möglicherweise sah sie auch schon ein sich anbahnendes Unheil voraus.

In dem Jahr, als Laërka 24 Jahre alt wurde, war Lothar wieder einmal allein. Er arbeitete zu jener Zeit bei einer Firma, die landwirtschaftliche Maschinen und Geräte in alle Welt verkaufte. Bisweilen musste er für ein bis zwei Wochen nach Frankreich, England, Skandinavien oder in eines der ehemaligen Ostblock-Länder reisen. In seiner Freizeit unternahm er wieder vermehrt Touren mit dem Motorrad, wobei er sich oft kleineren Biker-Gruppen anschloss. An einem Abend, als er mit einigen alten Bekannten in einer Kneipe Rast gemacht und weit über den Durst getrunken hatte, erzählte er irgendwann die Geschichte seiner unglücklichen Liebe. Da er ziemlich betrunken war, konnte er auf die Fragen der Zechbrüder nicht mehr ausweichend genug antworten und verplapperte sich auch bezüglich der Herkunft seiner Ex-Schwiegermutter. Er wurde zunächst ausgelacht; da solches aber seinem Empfinden nach ungerechtfertigt geschah, verteidigte er seine Behauptung und willigte zuletzt sogar ein, die Mutter seiner toten Verlobten den Kumpanen vorzustellen. Dies stellte einen eklatanten Tabubruch dar, weil alle Verwandten und Freunde, die um Finnabairs Familiengeschichte wussten, Stillschweigen versprochen hatten.

Nach einigen weiteren Flaschen Bier schwangen sich die Saufkumpane auf ihre Motorräder und fuhren südwärts Richtung Donautal. In Sigmaringen legten sie eine Pause ein und wollten dann ins Deggenhauser Tal zum Haus von Aidan und seiner Schwester fahren, wo Finnabair gerade wieder zu Besuch war.

An ebendiesem Abend stand Finnabair beim gemeinsamen Abendbrot plötzlich vom Tisch auf und sagte: „Ihr Lieben, jetzt ist etwas ganz Dummes geschehen: Lothar ist betrunken und hat eine Gruppe seiner Motorrad-Freunde in das Geheimnis meiner Herkunft eingeweiht. Was sollen wir tun?"

Alle waren verblüfft, woher Finnabair davon Kenntnis hatte, und sprachen durcheinander.

Sabine sagte: „Ich entschuldige mich für meinen Bruder. Seit er mit dem Trinken angefangen hat, ist er völlig verwandelt."

Aidan beschwichtigte sie: „Du brauchst dich doch nicht für Lothar zu entschuldigen. Was sollen wir jetzt machen? Mutter, was schlägst du vor?"

„Ich werde meine Schwestern um Hilfe bitten", antwortete Finnabair.

Als alle nickten, verließ sie das Zimmer und trat hinaus vor die Tür. Dann schlenderte sie gemächlich zu einem der Flüsschen hinaus und stellte sich ans Ufer. Bald formten sich um sie herum undeutliche Gestalten aus dem Wasserdunst, verdichteten sich und traten dann als ihre Schwestern vor sie hin.

Ihre Lieblingsschwester Dufa, die gern schnell zur Sache kam, sagte: „Sollen wir Gewalt anwenden oder solche vermeiden?"

„Bitte ohne Gewalt", antwortete Finnabair.

Hefring fragte: „Sollen wir ihm den Verstand nehmen? Dann wäre für seine Kumpane klar, dass er phantasiert hat."

„Ja, das wäre vielleicht hilfreich. Es dürfte aber nur vorübergehend sein", bestätigte Finnabair.

„Und wie verfährst du weiter mit ihm?", fragte Unnr.

„Er hat uns verraten. Er soll uns nicht mehr finden", antwortete Finnabair.

„Was ist mit seinen Kumpanen?", fragte Kolga.

„Nehmt ihnen die Erinnerung", schlug Finnabair vor.

„Sollen wenigstens die Kinder Zugang zu ihrem Onkel bekommen?", warf Hrönn fragend ein.

„Das überlassen wir der Zukunft und Lothars weiterem Verhalten", antwortete Finnabair. „Als Quartalsäufer ist er momentan kein wertvolles Vorbild für die Kinder."

„Wie vermeiden wir, dass er euch im Deggenhauser Tal aufsucht und findet?", meldete sich Bylgja zu Wort.

„Dafür können *wir* sorgen", antworteten Blodughadda und Bora. „Wir legen einen Landschaftszauber über eure nähere Umgebung. Wer euch nicht finden soll, wird euch dann nicht finden."

„Ich danke euch für eure Hilfe", sagte Finnabair und umarmte ihre Schwestern.

Sobald diese sich entfernt hatten, ging sie zurück zum Haus.

Als sie in die Stube trat, richteten sich aller Blicke auf sie.

„Es ist vollbracht", sagte sie, „aber wir werden den Kontakt zu ihm für eine Weile verlieren."

Sabine legte die Hände vors Gesicht und weinte. Finnabair trat zu ihr hin und nahm sie in den Arm.

„Es muss nicht für ewig sein", tröstete sie die Schwiegertochter leise.

Dann gingen die Erwachsenen aus der Stube, um noch etwas miteinander zu besprechen. Die Jugendlichen blieben zurück. Sie diskutierten wieder einmal ein schon öfters besprochenes Thema miteinander.

Allan, Gawan und Tom warfen den vier Mädchen vor: „Was ihr da erlebt haben mögt, kann genauso gut eine Art Einbildung gewesen sein, die durch die Tatsache verstärkt wurde, dass ihr ähnlich tickt."

„Und ihr tickt nicht richtig", bürstete Alayna den Einwand schroff ab. „Als ob wir vier jemals ähnlich getickt hätten!"

Laërka nickte bestätigend. „Außerdem könnt ihr das, was wir erlebt haben, ebenfalls erfahren, wenn ihr euch darauf einlasst."

Tom schüttelte zweifelnd den Kopf. „Ich habe es bereits probiert", sagte er. „Es geht nicht. Daraus schließe ich, dass ich entweder dazu unfähig bin oder aber es bei euch Einbildung war. Ersteres gefällt mir nicht, die zweite Variante würde mir ehrlich gesagt besser passen, also habe ich mich für sie entschieden."

„So einfach läuft das aber nicht", wandte Deirdre ein. „Erstens war ich beim ersten Mal auch allein und habe es trotzdem erlebt. Zweitens: Wenn Viere gegen Zweie stehen, wie groß ist da die Wahrscheinlichkeit, dass die Zweie Recht haben?"

„Recht zu haben, ist keine demokratische Einrichtung", brummte Gawan und Allan sagte: „Seh ich auch so."

„Dann", warf Iva ein, „lasst uns doch noch einmal gemeinsam hinausgehen und schauen, ob wir Tom, Allan und Gawan nicht auch ins Boot gezerrt bekommen; das kann doch nicht so schwer sein."

Der Vorschlag wurde zuerst heftig diskutiert, am Ende aber angenommen. Darauf gaben die Jugendlichen ihren Eltern Bescheid, dass sie zusammen noch ein wenig in den Wald gehen wollten, und das war dann in Ordnung.

Sie zogen sich feste Schuhe an und nahmen ein paar Taschenlampen mit. Dann wanderten sie in dieselbe Richtung, die einige Zeit zuvor Finnabair genommen hatte, der Aach entgegen. Die Lampen waren überflüssig, da ein heller Dreiviertelmond unverhüllt am Himmel stand. Sie knipsten ihre Lampen wieder aus und wanderten etwas langsamer weiter.

Bei einem der Bachläufe, die das Land wie ein Adernetz überzogen, machten sie Halt.

„Und jetzt?", fragte Alan.

„Jetzt musst du dich auf den Ort einstimmen", antwortete Deirdre.

„Und wie soll das gehen?", fragte Alan.

„Nimm alles in dich auf, die Landschaft, die Bäume, das Wasser, die Luft, die Geräusche, einfach alles, und hoffe dann auf mehr", spottete Gawan.

Tom sagte: „Das habe ich schon einmal gemacht …"

„Ja, und es hat nicht geklappt", unterbrach ihn Laërka. „Das hast du uns schon erzählt."

„Ja, sorry, sei doch nicht so giftig", beschwichtigte Tom sie.

„Könntet ihr auch mal still sein?", fragte Alayna. „Das Weitere ergibt sich dann möglicherweise von selbst."

„Tut es eben nicht", brummte Gawan düster.

„Ich könnte den Prozess beschleunigen", murmelte Deirdre.

„Wie das?", fragten Alan und Gawan zugleich.

„Ich stehe den Verwandten sehr nah", antwortete Deirdre, „und wenn ihr euch kurz auf mich einlasst, kann ich es schaffen."

„Was sollen wir tun?", fragte Tom.

„Werdet ganz still und versucht, eure Gedanken an die Leine zu legen. Ich werde dieselben dann führen."

Deirdre murmelte einige Worte vor sich hin. Da veränderte sich etwas an der Stimmung im Wald, und auch die Wasser murmelten plötzlich anders. Es schien, als würde die Nacht sich verwandeln und das Licht in der Landschaft dadurch zunehmen, dass Bäume, Sträucher und alle kleineren Pflanzen von innen heraus zu leuchten begannen. Und dann ging alles ganz schnell und spielte sich wie selbstverständlich ab: Eine wunderbare Frauengestalt mit ebenso lieblichen wie kühnen Zügen stand vor ihnen und lachte sie an.

„Na, Sehnsucht nach euren Verwandten?", fragte sie.

„Dies ist Großmutters Schwester Bora", stellte Deirdre die wilde Schönheit vor.

Die Jungen machten große Augen, und Deirdres Schwestern und Alayna drängten zu Bora hin und umarmten sie. Dann standen mit einem Mal fünf, dann acht ihrer Verwandten im zarten Dunst und begrüßten die Kinder ihrer Schwester und ihres Neffen.

„Wie kommt es, dass wir euch erst heute sehen und hören können?", fragte Tom.

„Nun, deine Schwester und deine Nichten verkehren schon länger mit uns", berichtete ihn Bylgja.

„Besser nicht darüber nachdenken", spöttelte Hefring. „Ihr Jungen seid halt etwas langsamer als die Mädels."

„Das heißt", rief Iva triumphierend und wandte sich Alan und Gawan zu, „wir sind schneller als ihr!"

„Ha ha", sagte Gawan und Alan machte ein mürrisches Gesicht.

Als sie sich alle begrüßt, umarmt und neu kennengelernt hatten, fragten die Jugendlichen auch nach Lothar.

„Es ist, wie Himinglæva schon sagte", antwortete Hrönn, „die Zeit wird zeigen, wann er wieder Kontakt zu euch haben kann."

Gawan fragte Deirdre leise: „Wer ist Himinglæva?"

„Unsere Großmutter", antwortete Deirdre, „das war ihr Name, als sie noch im Meer lebte."

Die Meerfrauen plauderten nun ganz menschlich mit ihren Neffen und Nichten und konnten scherzen und lachen wie ihre Schwester Finnabair. Irgendwann wurden die Gespräche dann aber ernster und die Fragen der Meerfrauen zielgerichtet.

„Habt ihr euch schon einmal überlegt", fragte Dufa die Jugendlichen, „wie ihr eure Sonderstellung für die beiden Welten – die eure und die unsre – fruchtbar machen könnt?"

„Wie meinst du das?", fragte Alan.

„Ich will es euch verdeutlichen", antwortete Dufa. „Ihr kommt doch aus der Alltagswelt, in der die Menschen leben, von denen kaum jemand etwas über uns weiß. Wir dagegen leben in der Anderswelt und fühlen uns von den Menschen wie abgeschnitten. Das war nicht immer so; in früherer Zeit lebten Menschen und Elementarwesen viel enger zusammen; die einen schätzten die anderen und man half sich gegenseitig. Seit der ‚Neuzeit', also jener Zeit, in welcher ihr die großen Entdeckungen und Erfindungen anfingt zu machen, sind sich die beiden Welten zunehmend fremder geworden und entfernen sich heute noch immer voneinander, sehr zum Schaden beider. Nun seid ihr durch eure Verwandtschaft zu uns seit langer Zeit die ersten Menschen, welche den Brückenschlag wieder geschafft haben. Solltet ihr diese Fähigkeit und dieses Wissen nicht auch anderen Menschen nahebringen? So nahebringen, dass die beiden Welten einander wieder näher rücken könnten?"

„Darüber haben wir noch gar nicht nachgedacht", gestand Alayna, „aber der Gedanke ist großartig! Wir werden das auf alle Fälle irgendwie versuchen und hoffen dabei auf eure Hilfe."

„Wir helfen euch gern und jederzeit", bestätigten die Ran-Töchter, „sagt uns, was ihr zu unternehmen gedenkt und wir besprechen uns zusammen mit euch, bis wir durchführbare Maßnahmen gefunden haben."

Sie berieten noch eine ganze Weile hin und her und beschlossen dann, sich die nächsten Tage noch einmal zu treffen. Da der Umgang mit den Wesen der Anderswelt sehr müde macht, sehnten die Jugendlichen sich mittlerweile alle nach ihren Betten. Die Ran-Töchter umarmten die Kinder ihrer Schwester und ihres Neffen und küssten sie auf beide Wangen und auf die Stirn, dann erklang eine überaus süße Weise und die wunderbaren Frauen verschwanden vor den Augen der Jugendlichen wie ein Nebel, der sich auflöst. Die Bäche murmelten wieder auf die vertraute Weise und ein zarter Wind ließ die Baumwipfel rauschen. In einem Teich in der Nähe fingen die Unken an zu läuten.

*

Unterdessen hatte Lothar mit seinen Motorrad-Kumpanen das Deggenhauser Tal erreicht. Der Fahrtwind hatte ihn so weit ernüchtert, dass er über seinen Versprecher nachgedacht hatte. Die unbedachten Worte reuten ihn gewaltig, nur wusste er nicht, wie er aus der ganzen Geschichte wieder herauskommen sollte, denn hinter ihm brausten sechs starke Maschinen mit Kerlen darauf, die von einem Mann wie ihm erwarteten, dass er seine Aussagen auch untermauern konnte. Aber die Geschichte, die er erzählt und verteidigt hatte, war mehr als schräg gewesen! Lothar war ein Mann mit einem guten

Ruf; wenn der einmal etwas derart Abgefahrenes erzählte, so musste wohl irgendein Körnchen Wahrheit daran sein. Die Neugier seiner Freunde war jedenfalls aufs Äußerste angestachelt, trotz des hohen Alkoholpegels, den sie hatten.

Doch dann kam alles ganz anders als vorgesehen, denn mitten im Deggenhauser Tal, an einer Stelle, die Lothar schon hundertmal passiert hatte, wurden ihm plötzlich Straßen, Dörfer und Landschaften total fremd. Er erkannte einfach nichts mehr, und die Nacht summte ihm laut in den Ohren. Er fuhr sofort an den Straßenrand und stellte die Maschine ab. Das Geschwader seiner Freunde brauste heran und alle hielten ebenfalls an und blickten zu ihm hin. Da wurde es um ihn herum dunkel und er fiel mitsamt seiner schweren Maschine seitwärts in den Staub.

„Hat da jemand zu viel gesoffen?", fragte einer der Kumpel.

„Quatsch", sagte ein anderer, „der säuft dich dreimal unter den Tisch."

„Was hat er denn dann?"

„Verdammt, sollen wir den Notarzt rufen?"

„Aber bitte keine Polizei", forderte einer.

Dann redeten alle durcheinander. Am Ende entschieden sie sich für den Notarzt. Sie legten Lothar eine Jacke unter den Kopf, stemmten seine Maschine hoch, schoben sie an den Straßenrand und schlossen sie ab. Kurz darauf nahte auch schon der Rettungswagen. Zwei Sanitäter sprangen heraus, untersuchten Lothar und legten ihn behutsam auf eine Trage.

„Helios-Klinik Überlingen", sagte einer von ihnen zu den Motorradfahrern hin; damit rauschten sie auch schon Richtung Salem davon.

Die Saufbrüder standen noch eine kleine Weile neben der Straße, dann fuhren sie auf getrennten Wegen heim. Lothars Geschichte war vergessen.

Am anderen Morgen wachte Lothar in einem Klinikbett auf. Zunächst verstand er gar nichts mehr. Erst am Nachmittag, als er von dreien seiner Kumpels Besuch erhielt, erzählten ihm diese, was in der Nacht passiert war. Merkwürdigerweise fragte ihn keiner nach der Geschichte, die er ihnen in der Wirtschaft erzählt hatte. Am Ende dachte er erleichtert, er habe vielleicht alles nur geträumt. Er musste einige Untersuchungen über sich ergehen lassen; zuletzt nahm ihn der Oberarzt beiseite und sagte ihm, wenn er noch öfters umfallen wolle, dann müsse er dem Alkohol weiterhin ebenso kräftig zusprechen wie am Vortage; das sei ein durchaus bewährtes Mittel. Darauf wurde er entlassen und fuhr mit dem Taxi heim.

Am Nachmittag beschloss er, Sabines Familie aufzusuchen. Er ließ sich, wieder per Taxi, zu seinem Motorrad bringen und fuhr dann die vertraute Straße zu Sabine und Aidan. Aber er konnte das Haus nicht finden. Da erschrak er, denn er wusste nicht, ob seine Erinnerungslücken vom Alkohol kamen oder organisch bedingt waren. Als er im Gasthof in Wittenhofen nach der gewünschten Adresse fragte, erntete er nur verständnislose Blicke.

Schließlich sagte der Wirt: „He, Bruder, ehe du jetzt noch lange weiter herumfragst: Diese Hausnummer gibt es nicht. Mein Bruder wohnt in derselben Straße, die du mir genannt hast, ich weiß also, wovon ich rede."

Lothar schlich wie ein geprügelter Hund hinaus. Er fühlte sich elend. Noch ahnte er nicht, dass die Trennung von „seiner Familie" für immer sein würde.

Am nächsten Morgen fuhr er mit dem Motorrad wieder los, um Sabines und Aidans Haus zu suchen; doch am Abend kehrte er mutlos und verzweifelt zurück und hatte den vertrauten Weg nicht gefunden. Allmählich dämmerte ihm, dass etwas Ungewöhnliches mit im Spiel sein musste. Doch er gab noch nicht auf, Tag für Tag suchte er von neuem nach der bekannten Adresse. Und dann wusste er eines Tages plötzlich mit Sicherheit, dass er sie nie wieder finden würde.

Da ließ er sich dann erst recht gehen, vertrank nach und nach seine sämtlichen Ersparnisse und musste am Ende auch das Motorrad verkaufen. Er verlor so ziemlich alles, was er besessen hatte und war am Ende so verzweifelt, dass er sich von einem seiner Kumpel das Motorrad lieh und einen anderen um hundert Euro anpumpte. Davon tankte er die Maschine voll und fuhr nordwärts ins Donautal und dann in die Schwäbische Alb hinauf. Auf einer geraden Strecke, an deren Ende die Betonpfeiler einer sie überquerenden Eisenbahnbrücke aufragten, gab er Vollgas und lenkte die Maschine auf dem letzten Straßenstück genau auf die Pfeiler zu. Von dem Aufprall, der in einem Feuerball endete, spürte er schon fast nichts mehr.

AUSKLANG

Von Sabines und Aidans Kindern ist zu berichten, dass sie bescheidene Mittel und Wege fanden, ihre Mitmenschen immer wieder auf die Welt der Elementarwesen aufmerksam zu machen, ohne dabei sektiererisch zu wirken. Laërka, Alan und Gawan blieben weiterhin in Deutschland, während Deirdre und Iva nach Irland auswanderten, wo sie mit Tom und Alayna neben ihrem Beruf an dieser selbstgestellten Aufgabe weiterwirkten. Jetzt waren es Sabine und Aidan, die immer wieder gemeinsam mit Laërka, Alan und Gawan nach Kinvara zu Besuch kamen, wo Finnabair und Seumas ein Haus hatten und die anderen Jugendlichen nicht weit entfernt wohnten.

Seumas, der geahnt hatte, dass Finnabair keine gewöhnliche Sterbliche war, weil sie immer dieselben blühenden Züge trug und nicht alterte, war mittlerweile in das Familiengeheimnis eingeweiht worden. Er fand es schwer, daran zu glauben und suchte immer noch nach anderen Gründen für Finnabairs Besonderheiten, doch war er glücklich mit ihr, freute sich über ihre Schönheit und war stolz auf die gemeinsamen Kinder. Im Laufe der Jahre beschäftigte er sich immer mehr mit der Welt der irischen Märchen und Sagen, was Finnabair mit einem Schmunzeln zur Kenntnis nahm.

Sabine brauchte lange, bis sie den Tod ihres Bruders verwunden hatte. Seit ihre Kinder alle flügge und aus dem Haus waren, arbeitete sie in einem Altersheim als Altenpflegerin. Aidan war Dozent an der Uni Konstanz und unterrichtete Sprachen. Seine Herkunft war ihm nicht mehr anzumerken; er sprach fließend Deutsch und beherrschte auch den badischen Dialekt der Region. Wer ihn besser kannte, konnte jedoch einige eher unübliche Eigenschaften an ihm wahrnehmen. So war er ein exzellenter Schwimmer und verbrachte in der warmen Jahreszeit oft Stunden im Wasser. Auch brachte er interessierten Sportstudenten und -studentinnen ganz neue, unbekannte Schwimmarten und Verhaltensweisen im Wasser bei, die einigen von ihnen bei Wettbewerben sogar schon Preise eingetragen hatten. Das machte er unentgeltlich, weil er Spaß daran hatte. Eine zusätzliche Tätigkeit als Sportlehrer lehnte er jedoch ab.

*

Als die Kinder beider Familien selbst Familien gegründet hatten und Eltern geworden waren, stellte sich heraus, dass das ‚Zweite Gesicht' sich nicht vererbt hatte; keines der Kinder der nächsten Generation konnte beim Heranwachsen den Geschichten über Elementarwesen oder den Erzählungen über Finnabairs Herkunft mehr als ein Lächeln abgewinnen. Klar, man spottete nicht über die Eltern, Großeltern und Großtanten, die halt ein bisschen wunderlich waren, wenn sie wieder einmal einen dieser merkwürdigen Begriffe verwendeten oder die eine oder andere obskure Anspielung auf Finnabairs Herkunft von sich gaben, doch man hielt solches Gerede im Grunde für liebenswerte Schrullen. Gleichwohl machten natürlich Finnabairs Jugend und Aussehen stets großen Eindruck.

*

So vergingen Jahre und diese wurden dann zu Jahrzehnten. Finnabair hob sich von ihrem Mann, den Kindern und ihren Nichten und Neffen durch ihr unverändertes Aussehen ab; sie schien jetzt, abgesehen von ihren und Aidans Enkeln, die jüngste beider Familien zu sein. Sie alterte nicht, obwohl sie sich unverändert ihrer menschlichen Gestalt bediente, und sie war und blieb auch unverändert schön. Mittlerweile hatte sie ganz das seelische Wesen eines Menschen angenommen und war eine durch und durch menschliche Persönlichkeit mit einigen wenigen Nymphen-Eigenschaften geworden. Doch ihr Einfluss als eine vom Verborgenen Volk auf die Menschen um sie herum war auch nicht zu leugnen, wenngleich nur sie selbst das wahrnahm. Der Sog der Anderswelt, den die Ewigen auf Menschen ausüben, wird umso stärker, je länger der Kontakt mit ihnen anhält. Dazu kamen bei den Jugendlichen die regelmäßigen Besuche bei den Verwandten aus dem Meer, was die Grenzen zwischen Diesseits und Jenseits für sie immer dünner und durchlässiger machte. Irgendwann war es soweit, dass bei einem Teil der Familie die Sehnsucht nach der Anderswelt den Willen zu bleiben überwog. Das betraf aber nur jene, die über ‚das Zweite Gesicht' verfügten, denn den Nachkommen von Finnabairs und Aidans Kindern waren solchen Empfindungen fremd.

*

Eines Tages ereignete sich in Kinvara etwas, das den ganzen Ort heftig bewegte und große wie kleine Regionalzeitungen noch lange beschäftigte: Ein Teil der beiden Familien, nämlich Finnabairs und Aidans Kinder samt ihren Eltern, verschwanden, und das waren immerhin elf recht bekannte Persönlichkeiten. Verschwanden einfach so, ohne Spuren zu hinterlassen. Die Polizei wurde verständigt und musste klären, ob ein Verbrechen vorlag. Man bat die Verwandten und Bekannten, schließlich die ganze Bevölkerung um sachdienliche Hinweise. Zeugen wurden vernommen, die nichts gesehen hatten; Fachleute befragt, die nichts wussten; Hellseher und Hellseherinnen inoffiziell zu Rate gezogen, die in den meisten Fällen nichts Wesentliches dazu beitragen konnten. Die Wenigen, die wirklich etwas wahrgenommen hatten, konnte man wiederum nicht von jenen unterscheiden, die Erfundenes vorbrachten. Eine Frau, welche bei allen „die alte Maire" hieß, sagte aus, sie sei in der Nacht des Verschwindens der Familien am Hafen gesessen und habe beide Familien am Strand ankommen sehen, eine große Schar, elf Personen: Finnabair, Seumas, Tom und Alayna und Sabine, Aidan, Laërka, Alan, Deirdre, Gawan und Iva. Aus dem Meer seien ihnen viele wunderschöne Gestalten entgegengekommen, die sie begrüßt und umarmt hätten, genauso, wie man sonst liebe Verwandte begrüßt.

Und dann sei noch etwas Besonderes vorgefallen: Von irgendwoher sei eine zauberhaft schöne junge Frau mit mehreren Freunden dazugekommen, was bei allen Familienangehörigen große Rührung hervorgerufen hätte. Diese Frau habe ebenfalls Deirdre geheißen und die Freunde, die sie mitbrachte, wurden alle mit Namen begrüßt, und da habe sie, Maire, ganz deutlich die Namen Finn, Heiner und Lothar gehört und in Erinnerung behalten, obwohl zwei davon ausländisch klängen. Und ob sie nun, nach derart wichtigen Informationen, die sie beigetragen habe, auch eine Tasse Kaffee erwarten dürfe? Und vielleicht ein süßes Stückchen dazu?

Die Kinder und Enkel der Vermissten waren tief betroffen, wussten aber nichts darüber zu sagen und schwiegen; allerdings konnten sie sich die Zusammenhänge denken. Aidans Jugendfreundin Alayna und ihr Mann Benny, die in Sligo lebten, und Heiners Schwester Katharina, die in Tübingen wohnte, erfuhren davon aus den Zeitungen und aus dem Fernsehen. Sie hätten den Behörden vielleicht etwas mehr über „den Fall" erzählen können, hüllten sich aber in Schweigen. Alayna war aus dem alten Freundeskreis die einzige, die immer wieder einmal allein am Strand saß und sich in die Ferne träumte. Wenn sie lange so dagesessen war und dem Rauschen der Brandung gelauscht hatte, konnte es passieren, dass sie mit einem Mal den Eindruck hatte, nicht mehr allein zu sein und sogar gelegentlich zarte Gestalten über den Wassern tanzen sah. Blickte sie dann aber genauer hin, war alles wieder weg.

**Bei tredition sind weitere Bücher von
Michael Duesberg erschienen:**

Weihnachten – geheimnisvolle 13 Nächte und ein uraltes Fest. Märchen, Sagen, Sprüche und Lieder, die schon dem vorweihnachtlichen Julfest zugehörten. Und immer wieder die nicht mehr vertrauten Gestalten von Luzia, Frau Holle und Frau Perchta mit ihren heimlichen und unheimlichen Begleitern und dem spukhaften Gefolge der Natur- und Hausgeister. Ein Brückenschlag zwischen uralter Naturmagie und modernem Bewusstsein. Anregungen zur Durchdringung und Intensivierung heutiger Festgestaltung mit einem Anhang von Vorschlägen zum Feiern mit Kindern.

ISBN   978-3-7323-3309-6 (Paperback)
          978-3-7323-3010-2 (Hardcover)
          978-3-7232-3011-9 (e-Book)

Woher stammt die Dreieinigkeit der Göttin und was sagt sie uns? Wie unterscheiden sich deren Aspekte „Braut", „Mutter" und „Greisin" voneinander, und wo halten die Drei sich in unserer Kultur versteckt? Wo sehen wir die Mythologie der „Großen Mutter" in den späteren Kulturen patriarchalisch orientierter Völker durchblitzen? Der Autor folgt den Spuren der steinzeitlichen Göttin durch die germanische und keltische Kultur und findet sie auch in unseren Märchen, Sagen, Liedern und Sprüchen sowie in altem und jüngerem Brauchtum. Die Fährtensuche verändert alles und stellt Vorurteile bloß. Wer diesen Weg unbefangen beschreitet, wird am Ende des Weges ein Anderer sein!

ISBN: 978-3-7323-3711-8 (Paperback
         978-3-7323-3712-5 (Hardcover)
         978-3-7323-3713-2 (e-Book)

Dieses Buch ist ein Beitrag zum Erkennen unserer patriarchal gefärbten Lebenswirklichkeit und der hausgemachten Nöte der Menschheit! Der Autor entwickelt ungewohnte Gedankengänge zu fundamentalen Fragen der Menschheit: Fragen nach den Göttern, der Schöpfungsgeschichte und der Herkunft des Menschen. Die Ausführungen werden abgeleitet von Mythologien, Märchen und Sagen und sind untermauert durch Erkenntnisse aus verschiedenen Wissenschaftszweigen wie Anthropologie, Ethnologie, Biologie, Brauchtumsforschung und anderen. Die vorliegenden Ausführungen stützen sich auf die Ergebnisse moderner Patriarchatsforschung.

ISBN: 978-3-7345-0811-0 (Paperback)
       978-3-7345-0812-7 Hardcover)
       978-3-7345-0813-4 (e-Book)

In dieser Erd-Geschichte geht es um ein allgemeines Bekanntmachen geographischer, geologischer und anderer Tatsachen und um Anregungen zur eigenen Beobachtung. Es ist daher kein Lehrbuch im üblichen Sinne. Dass durch diese Art der Sachdarstellung jedoch mehr gelernt werden kann als mithilfe herkömmlicher Lehrbücher, soll nicht verschwiegen werden. Zudem befasst sich das Buch mit Bereichen und Fakten, die kaum irgendwo anders zu finden sind. Durch fiktive Dialoge zwischen Großvater und Enkel erhält der Lehrstoff zusätzlichen Pep, außerdem werden Erinnerungs- und Lerntechniken vorgestellt, die das Behalten von Lerninhalten radikal zu steigern vermögen. Dies kommt nicht nur den geologischen Angaben im Buch zugute, sondern kann fortan für alle Schulfächer oder Interessengebiete eingesetzt werden.

ISBN: 978-3-7439-5207-2 (Paperback)
       978-3-7439-5208-9 (Hardcover)
       978-3-7439-5209-6 (e-Book)

In diesem Ratgeber schreibt der Verfasser über sechs verbaute Lebenswege, die es wieder freizuräumen gilt. Wege, ohne die wir nicht zu unseren Idealen und damit nicht zum Glück gelangen können. Dass sie „verbaut", von Hürden versperrt und mit Stolpersteinen und Fußangeln überzogen sind, ist noch nicht einmal jedem klar. Doch die Kenntnis dieser Wege und der dort lauernden Gefahren wirkt befreiend und lässt uns leichter mit den großen Problemen unserer Zeit umgehen.

Die Hauptkapitel des Buches befassen sich mit den Folgen des Patriarchats, dem Materialismus, dem Egoismus, den Lebenslügen und Illusionen, unserem Staat und Sozialleben und unserer grotesken Geldwirtschaft. Nach der Lektüre dieses Buches werden die Leser um etliche vermeintliche „Feinde" ärmer geworden sein, aber auch erkennen, woran sie wirklich arbeiten sollten. Mit diesem Knowhow lassen sich auch die Wege zum Glück wieder freilegen.

ISBN: 978-3-7439-1206-9 (Paperback)
978-3-7439-1207-6 (Hardcover)
978-3-7439-1208-3 (e-Book)

Was Großvater als Bub erlebte, befähigte ihn später, seinem Enkel Peter die Welt der Naturgeister nahezubringen, die den Speicher ihres Hauses bevölkern. Aber die Elfen wollen mehr als nur ein bisschen Aufmerksamkeit; sie werfen ihre Zaubernetze über Peter und ziehen ihn in ihre Welt hinein. Weil Peters Großvater meint, für die Befreiung seines Enkels zu drastischen Mitteln greifen zu müssen, engagiert er die Dorfhexe Eulalia. Diese kooperiert wiederum mit dem üblen Schwarzmagier Hugohuck Kaiman. Eine turbulente Entwicklung mit allerlei Folgen …

ISBN: 978-3-7469-3769-4 (Paperback)
978-3-7469-3770-0 (Hardcover)
978-3-7469-3771-7 (e-Book)